ベリーズ文庫

敏腕パイロットは純真妻を溢れる独占愛で包囲する

皐月なおみ

STARTS
スターツ出版株式会社

目次

敏腕パイロットは純真妻を溢れる独占愛で包囲する

プロローグ　可奈子の疑念

すべての始まりは可奈子《かなこ》が夫の手帳を見てしまったことだった。彼がバスルームを使っている間に、うっかり夫の鞄を机から落としてしまったのだ。もちろん手帳が飛び出していたからといって中を見るつもりなどなかった。でも落ちた拍子に開いてしまったのである。すぐに元に戻そうとしたが、どこか不可解な記述の内容に、眉間にシワを寄せて手を止める。

【七時にSと】

日付は二日後、彼の外泊があらかじめわかっている日だった。

この結婚にはウラがある?

「今日は帰れるから」

シャツのボタンを留めながら夫の如月総司《きさらぎそうし》がそう言うのを、如月可奈子はダイニングテーブルに頬杖をついて見つめている。窓の外はまだ薄暗く、都会の街は夜明け前のひと時を刻んでいる。電車もまだ動いていないけれど、マンションの下には出勤する彼のためにタクシーが待機しているはずだ。

こうやって夜明け前に彼が出発する時は、起きないでいいと言われているが、可奈子は必ず見送るようにしていた。

「可奈子は?」

腕時計を身につけながら問いかける総司は、ごく普通のシャツとジャケット姿。でも可奈子の目には、まるで映画の世界から抜け出してきた俳優かなにかのように映る。百八十センチの長身に、少し茶色がかった真っ直ぐな髪。涼やかな目元と高い鼻梁、形のいい唇は微笑むと右側の方が少し高く上がる。この後、職場に着いてパイロットの制服に着替えたら、空港中の女性を虜にするのだ。

8

「可奈子？」

もう一度呼びかけられて、ようやく可奈子は口を開いた。

「私も早番だから、なにもなければ早く帰れるはずです」

可奈子の言葉に、総司が微笑んだ。

「じゃあ、今夜は久しぶりにふたりでゆっくり過ごせるな」

株式会社《かぶしきがいしゃ》NANA・SKYのパイロットである彼は、最近、会社記録最年少の三十五歳で機長に昇進したばかり。国際線と国内線を兼務するから、搭乗する便によって勤務時間がバラバラだ。家にいられる時間はそう多くない。

さらにいうと可奈子の方も同じ会社のグランドスタッフで、勤務は不規則な上にトラブルによる残業は日常茶飯事だから、一緒に住んでいるとはいえ、夕食をともにすることすらままならない新婚生活だ。今彼が言った通り今夜一緒に過ごせるとしたら、久しぶりのことだった。それも今日なにもトラブルがなければ、の話だが。

「今日は福岡《ふくおか》便だから、お土産になにか美味しいものを買ってこようか」

そう言って彼は可奈子に歩み寄り、ダイニングテーブルに手をついた。もう一方の手は可奈子を囲い込むように椅子の背もたれに添えられる。彼が好んでつけているウッディムスクのコロンの香りが、甘く可奈子の鼻を掠めた。

髪と同じ少し茶色がかった色の瞳が自分だけを映していることに、可奈子の胸はひとりでに高鳴る。

こんなに素敵な人が自分の夫だということが、まだ慣れなくて信じられない。

「お土産はいらないから、気を付けていってきてください」

たくさんの人を乗せて飛ぶという、ほんのわずかなミスも許されない彼の勤務内容を慮《おもんぱか》って、可奈子がそう告げると、彼はふわりと微笑んだ。

「ありがとう」

そして可奈子の額にキスを落とす。そのまま、瞼と頬にも。顎に添えられた手に促されるままに上を向くと、優しく唇が奪われた。

「ん……」

素早く入り込んだ彼の熱が、可奈子の中に触れていく。うっとりと目を閉じると頭の中が彼への想いでいっぱいになる。

彼と付き合うようになってから、もう何度も交わしたこのキスは、いつも可奈子を夢中にさせる。

可奈子の大好きな彼のキス。でもそこに得体の知れない不安感が確実に混ざり込んでいる。それはきっと昨夜彼の手帳を見てしまったからというだけではなく、今ここで目が覚めて〝夢だったのだ〟と言われてもおかしくはないくらいの、分不相応な新婚生活のせいだろう。

「じゃあ、行ってくるよ。可奈子、愛してる」

離れた唇をぼんやり見つめる可奈子の頬にもう一度キスをして、総司は言う。

「いってらっしゃい」

可奈子は意識して笑みを浮かべた。

ざわざわと騒がしい国内線の搭乗口で、可奈子は同僚のグランドスタッフたちとともに搭乗準備を進めている。ロビーではたくさんの乗客がどこかソワソワとして、飛行機への搭乗を今か今かと待っていた。

きゃっきゃと嬉しそうに声をあげる幼い子供を連れた若い夫婦、スーツ姿のビジネスマン、ちょうど夏休みシーズンに突入したばかりの時期だから大学生と思しきグループも多かった。

その中に、ひときわ緊張した面持ちでぽつんと座る十歳くらいの男の子がいる。可奈子はカウンターにあるモニターで乗客名簿の最終チェックをしながら、彼に気を留めていた。

彼は『ジュニアカスタマー』というプランを利用している乗客だ。

ひとりで旅をする小学生を、チェックインから到着空港まで、NANA・SKYのスタッフが責任をもって預かるというプランで、行き先の福岡空港では彼の祖母が待っている予定だった。

さっきチェックインを担当したスタッフが彼をここまで連れてきて、可奈子に引き継いだ。彼を機内に案内するまでが可奈子の担当だった。

乗客名簿のチェックを終えて、可奈子は業務を一旦同僚に任せて、男の子の元へ歩み寄る。膝を折って視線を合わせて声をかけた。

「もう少ししたら乗れるから、待っていてね」

にっこりとしてそう言うと、「はい」と答えが返ってくる。

「お手洗いは大丈夫?　機内にもあるけど、乗ってすぐには使えないの」

「大丈夫です」

そのハキハキとした受け答えに、なかなかしっかりした子だな、と可奈子は思う。

もっともこのジュニアカスタマープランを利用する乗客は、彼くらいしっかりした子が多いのだが。

「向こうではおばあちゃんが待ってるの?」

緊張するのは当然でも、せっかくだから少しでも空の旅を楽しんでもらいたい、そう思い可奈子は彼の緊張を解こうと問いかける。

彼は頬を染めて頷いた。

「はい」

「そう、楽しみだね」

「はい」

少し照れたように微笑む彼に、可奈子は少し安心する。

「準備ができたら呼ぶからね」と告げてカウンターへ戻った。

カウンターでは、現段階でグランドスタッフがやるべき仕事はすべて完了しているようだった。

「よし！　搭乗準備オッケー。あとは、王子の到着を待つだけっと」

同僚の西森由良《にしもりゆら》が小さな声で呟いて、意味深な目で可奈子を見る。可奈子はそれには応えずに、彼女から目を逸らした。

今、手続きを進めている福岡便に搭乗するパイロットが可奈子の夫、総司だということをからかわれているからだ。

「ふふ、楽しみだね」

ちゃかして、そんなことを言う由良を可奈子はジロリと睨んだ。

「由良……。やめてよ、もう」

もっとも、由良でなくても総司のことを〝王子〟と呼ぶ社員は社内では少なくない。

NANA・SKY始まって以来のスピードで機長に昇格した彼は、エリート中のエリートで、しかも見た目がずば抜けてカッコいい。少し茶色い真っ直ぐな髪と同じ色の瞳がまるで童話の中の王子様みたいだなどと言われていて、可奈子が入社する前からその呼び名が定着していた。

CAならともかく、本来なら可奈子たちグランドスタッフにとっては雲の上どころか、星の向こうの存在だ。直接言葉を交わすことも滅多にない。

だから彼に憧れるグランドスタッフは皆、彼の搭乗する便の手続きを担当する日をとても楽しみにしていた。この広い空港には、何万人という人が働いているのだ。そうでもないと姿を見ることもままならない。

可奈子は、まだなにか言いたげな由良に気が付かないフリをして、滑走路に視線を送り目を細めた。

今日は抜群の天気だった。

全面ガラス張りの大きな窓の向こうには青い空の下、いつでも飛び立つことができるよう準備万端に整備されたジェット機が、太陽の日差しに白い翼を煌めかせている。

今年二十五歳、ＮＡＮＡ・ＳＫＹに入社してまる三年がたつ可奈子にとっては見慣れた光景だが、それでも胸がドキドキして心が浮き立つのを止められない。

大学時代、航空会社を目指すことに迷った時期もあったが、この仕事を選んでよかったと今は心から思っている。

しばらくすると機体を運航する乗務員、パイロットとＣＡたちが廊下の向こうからやってくる。

先頭は、総司だった。

若い副操縦士を連れている。

白いシャツに紺色のネクタイをきちんと締めて、ジャケットの腕ぐりには機長であることを示す四本のゴールドライン。その落ち着いた佇まいと堂々と歩く姿に、すれ違う人たちが思わずといった様子で振り返っていた。

可奈子は慌てて目を伏せる。いつも家で会っていても、条件反射のように胸が高鳴る。とても直視できなかった。

由良が忍び笑いを漏らしながら、可奈子の脇腹を肘で突く。他のグランドスタッフたちは、うっとりと総司を見つめてから、やや残念そうに可奈子の方をチラリと見た。

可奈子は心の中でため息をつく。

ふたりが入籍をしてから約半年、ずっとこんな感じだ。夫婦で同じ航空会社なのだから、こんなことはこれからも数えきれないくらいある。早く落ち着いてほしかった。

そのうちに、総司たちがカウンターのすぐそばまでやってきた。搭乗口へ向かう彼らにグランドスタッフ一同は頭を下げる。

「いってらっしゃいませ」

「ありがとう、いってきます」

聞き慣れた低い声が返ってきた。

その声につられるように目を上げると、通り過ぎる寸前の総司と目が合った。

わずかに緩む彼の目元。

可奈子の鼓動がどくんと跳ねた。

続いてすぐに、ＣＡたちが可奈子たちの前を通り過ぎる。

「いってらっしゃいませ」

もう一度さっきと同じように頭を下げるが、今度は返事は返ってこなかった。

彼らの後ろ姿がボーディングブリッジに消えたのを確認して、可奈子はホッと息を吐いた。

それにしても。

可奈子が着ている制服と彼女たちCAの制服は、デザイン自体は変わらない。違うのはスカーフの色くらいなのに、どうしてあんなにも華やかなのだろう。

皆、すらりとしていて、美しい顔立ちで。

対する可奈子は〝普通〟のひと言だった。

空港で働く者のマナーとして、勤務中はきちんとメイクをしているから、それなりに見えるはず。

でも普段は、黒目がちの目とふっくらとした頬、やや低めの身長のせいで、実年齢よりも歳下に見られがち。あの美しいCAたちとは雲泥の差だった。

可奈子と総司の結婚は、社内の女性社員たちを一時パニックに陥れた。陰で〝格差婚〟とまで言われている。

ひどい話だとも思うけれど、それはすべて相手が可奈子だからだろう。もしあの華やかなCAたちのうちの誰かだったとしたら……。と、そこまで思いを巡らせて、その卑屈な考えに可奈子は強制的にストップをかける。

今は勤務時間中、そんなことを考えている暇はない。

ちょうど機内から乗客の搭乗許可が下りた。可奈子は気持ちを切り替えて、ジュニアカスタマープランの男の子の元へ歩み寄った。

今から基準に従って優先搭乗が始まる。彼もその対象だ。

「いよいよだよ。楽しみだね」

頬を染めて目を輝かせている男の子を連れて、可奈子はボーディングブリッジを歩いていく。

航空機の入口には、山崎美鈴《やまさきみすず》というCAが待っていた。

彼女は社内でもひときわ目立つ存在だ。

美人揃いのCAの中でも飛び抜けた美貌と語学力を兼ね備えたまさに才色兼備というべき彼女は、一時期、総司との関係を噂されていたこともある。

美鈴が可奈子に気が付いて、形のいい眉を寄せた。

「おつかれさまです。ジュニアカスタマープランのお客さまをお連れしました」

彼女の放つ、どこか威圧的な空気に負けないように可奈子は言う。

美鈴が一瞬目を細めて不快そうに可奈子を見る。でもすぐに男の子に向かって、優しげな笑みを浮かべた。

「こんにちは、機内では私が担当します。よろしくね」

そして可奈子にはなにも言わずに、さっさと彼を機内へ連れていってしまう。

「飛行機ははじめてかな。困ったことがあったら、なんでも言ってね」

美鈴に声をかけられながら、機内へ乗り込む男の子の背中に可奈子は声をかける。

「いってらっしゃい。よい旅を」

振り返って会釈をする男の子の隣で、美鈴がチラリとこちらを見た。明らかに敵意を含んだその視線に、可奈子は身体を強ばらせる。無意識のうちにギュッと手を握り締めた。

「ふふふ、飛行機、楽しみだね」

「ねー、久しぶり」

他の乗客が後ろからやってくる気配にハッとして振り返る。小さく深呼吸をしてから、可奈子はボーディングブリッジを戻り始めた。


セキュリティーを解除して、〝スタッフオンリー〟の表示があるシルバーのドアを開けると、その先は少しひんやりとしていた。中へ入りドアを閉めると、空港内のざわざわが遠ざかり少し静かになる。一直線に延びる廊下を、可奈子は歩きだした。

福岡便は滞りなく離陸した。可奈子は次に担当する便に備えるため、今度はチェックインカウンターへ向かっている。時間に余裕はあるものの、なるべく早く準備を始めたくて、靴音を鳴らし足早に進む。

そしてあるドアの前を通りかかった時、〝如月さん〟という言葉が耳に飛び込んできたような気がして足を止めた。

少し開いたドアの向こうはＮＡＮＡ・ＳＫＹのロッカールームだ。何人かのスタッフが、準備をしつつ雑談に興じている。ピンク色のスカーフを着けているということは、ＣＡだ。

「あーあ、千歳《ちとせ》便じゃ、やる気がでない。如月さんの搭乗する福岡便がよかったな」

「本当それ。でも福岡じゃちょっと短いよね。どうせならパリ便でご一緒したいわ」

どうやら総司と一緒の便に搭乗したかったという愚痴のようだ。可奈子はなんとなくそのまま動けずに壁に張り付いて、彼女たちの話に耳を澄ませた。

「それにしても今日も美鈴、張り切ってたね。メイクノリノリでさ。如月さん、もう結婚したんだから無意味なのに」

「ねー」

そう言って彼女たちは、くすくすと笑い出した。

ＣＡとグランドスタッフの間にはどことなく壁があるというのがＮＡＮＡ・ＳＫＹの社員共通の認識だが、だからといってそれぞれが一枚岩というわけではないようだ。

「ふふふ、いい気味。あの子完全に私たちのこと馬鹿にしてるじゃない？　コックピットへの食事提供だって、絶対譲ってくれないし」

ひとりのCAの不満そうな言葉に、皆うんうんと頷いている。可奈子の頭についさっきあったばかりの美鈴とのやり取りが浮かんだ。

ずば抜けた美貌を持つ美鈴が、同僚のCAたちでさえ見下しているというなら、可奈子など眼中にないといったところか。彼女が総司を気に入っていたのは周知の事実で、結婚したのをよく思っていないのも間違いない。だとしたらさっきの態度は納得だった。

ひとりのCAが残念そうに口を開いた。

「まぁそこはスッキリしたけどさ、でもやっぱりがっかりだよ。如月さん、どうして結婚しちゃったのかな。……よりによって、あんな地味な子と」

「接点もなさそうなのにね」

ある程度予想はしていたものの、話の矛先が自分に向いて、可奈子の胸がどきりと鳴る。今ここで話を聞いているのを絶対に気付かれてはならないと息をひそめた。

「なんかおかしいよね。納得いかない。如月さんって他社のCAにも人気じゃない？　しょっちゅう声をかけられているし。どんな女性もよりどりみどりなのに……なんで？」

彼女たちは口々に文句を言う。するとあるCAが突然思い出したように声をあげた。

「そういえば！　私、すっごいこと聞いちゃった！　如月さんの結婚についての裏事情。ふふふ、聞きたい？」

意味深な彼女の言葉に、可奈子の胸はあやしく騒ぐ。結婚についての裏事情だなんて、可奈子自身にはまったく心あたりがない。おそらくはいつもの根も葉もない噂話に過ぎないのだろう。でも総司の手帳に書かれていたあの記述が可奈子からいつもの冷静さを奪っていた。

「なになに？」と先を促されているCAの言葉に息を呑んで耳を澄ませた。

「これ、前田《まえだ》機長から昨日聞いたばかりの話なんだけど、如月さんって私たちからの誘いにはまったく乗ってくれなかったじゃない？　それって前田さんに言われてたからなんだって」

「どういうこと？」

「如月さんがCAの中の誰かと付き合ったりしたら、CAの中でいざこざが起こる。そしたらチームワークが乱れて機体の安全な運航に影響が出るからって、前田さんが禁止してたんだって！」

そこでCAが一旦言葉を切ると、皆口々に文句を言い出した。

「えー！　なにそれ、信じらんない！」

「許せなーい！」

可奈子にとっても初耳だった。当然総司からも聞いていない。ひとしきり皆がぶーぶー言った後、話題を出したCAが心底不満そうに口を開いた。

「ひどい話だよね。しかもそれなのに前田さん、結婚はしろって言ったらしいのよ！」

「……なんでよ？」

「如月さん、機長昇格試験を控えていたでしょ？　その前に家庭を持ってちゃんと腰を落ち着けろってこと。妻がいれば家事はやらなくていいし、料理は作ってもらえるし？　その時間を勉強にあてられるわけじゃない。実際、パイロットって大体その時期に結婚することが多いじゃない？」

少なくともNANA・SKYではその傾向にある。新卒で入社したパイロットたちは、まずは厳しい実習を受け副操縦士として旅客機に乗るための試験に臨む。それをクリアしてから機長昇格までの間に妻帯することがほとんどだった。

「だから如月さんは誰がどう見ても釣り合わないグランドスタッフと結婚したわけよ！　グランドスタッフならパイロットの仕事に理解があるし、誰とどう揉めても安全な運航には関係ないもの。適当な子に狙いを定めて結婚したんじゃない？」

「なるほどー。そういえばあの子、結婚が発表されてから散々いろいろ言われてるのに、平然としてるよね。メンタル強い子だなーって思ってたけど、きっとわざとそういう子を選んだのね。たいして好きじゃないんじゃない？　漫画とか小説に出てくる契約結婚みたいなものなのよ！」

「確かに！　だって入籍だけで結婚式は挙げてないものね。入籍から半年も経っているのに今のところ予定もないみたいだし。授かり婚ってわけでもないのにさ」

「じゃあ、案外すぐにダメになるかもね？　だってもう如月さん、機長に昇格したんだもん。前田さんとだって階級としてはもう一緒なんだし、いうことを聞く必要はないものね。本当に好きな相手と結婚する方が幸せだし？」

その言葉を聞いて、可奈子はそっとその場を後にした。

なるべく靴音が鳴らないように足速に廊下を進み、突きあたりを曲がる。そこで立ち止まり、視線を落として考え込んだ。

彼女たちの話はたわいもないただの冗談だと、一生懸命自分自身に言い聞かせる。

結婚についてよくない言葉を耳にした時は、いつもそうやって心を落ち着かせているのだ。でも今は、どうしても不安な思いが消えない。

あの手帳の記述が頭に浮かんで離れない。

CAとの付き合いを先輩である前田に禁止されていた総司は、機長試験に向けて適当な結婚相手を探していて、ちょうどいい可奈子と結婚をしたということだろうか。

そして無事機長に昇格した今、もう別の誰かと一緒になる準備を始めている？

手帳に書かれていたSという人物と……？

まさか、いくらなんでも悪い方に考えすぎだと、可奈子は自分に言い聞かせる。噂話に動揺するなんていつもの自分らしくない。可奈子はぶんぶんと頭を振り、嫌な想像を無理やり頭の中から追い出した。

契約結婚なんてフィクションの中だけの話だ。現実にはありえない。

……でもそんな風に言われるくらい自分たちの結婚は、皆の目に不自然に映るのだ。

可奈子は小さくため息をついて、また廊下を歩き出した。


「そんなの気にしてたらきりがないって。相手はあの如月さんだよ？　可奈子も覚悟してたでしょう？」

空港食堂名物のカレーライスを食べながら、由良が可奈子に問いかける。

可奈子はスプーンを持った手を止めて彼女に答えた。

「まぁ、それはそうなんだけど……。でももう結婚して半年も経つのに」

午前中の業務を終えて、ふたりは昼食を取りに食堂へやってきた。空港の目立たない場所にある、主にここで働く人のための食堂である。

機体の整備を担当する作業着を着た男性たち、他社のＣＡやグランドスタッフ、それに交じる一般客、ちょうどお昼時とあってたくさんの人でごった返している。がやがやとうるさいが、その分注意していれば自社の誰かに会話を聞かれる心配はない。

可奈子は、福岡便での美鈴の振る舞いについて由良に相談していた。さすがにロッカールームでの陰口までは話せないけれど、美鈴の件については仕事に支障が出かねないからだ。

「いくら腹が立つからって仕事のことは分けて考えるべきだよ。お客さまにはなんの関係もないんだから。スタッフ同士の雰囲気ってなんとなく伝わるもんだよ。私は全力でおもてなししたいのに……」

「仕方がないよ、あの美鈴さまだもん。女子社員の間では、気が強いんで有名じゃない。如月さんと結婚するのは私だ！って意気込んでたみたいだし。他の皆もまぁ社内で考えるならその可能性が高いかなって思っていたから、きっとプライドがズタボロなのよ」

確かにその噂は随分前に可奈子も聞いたことがある。総司が社内の誰かと噂になったことはないけれど、美人で優秀な彼女ならきっといつか落ちるだろうというものだ。その頃可奈子は、まだ総司と話したこともなかったから、ただそうなのかと思っただけだったが。

「如月さんってアイドルみたいなもんだったから、結婚しちゃって皆、ガッカリなのよ。如月ロスの真っ最中ってわけ」

そう言って由良はくすくす笑った。

「でも心配しないで。がっかりはしたけど、グランドスタッフの間に可奈子を悪く言う人はいないから。先輩たち、可奈子は希望の星だって言ってるよ。もう少ししたら旦那さま関係の飲み会依頼が殺到すると思う」

無邪気な彼女の言葉に、可奈子はカレーを食べながら苦笑する。そっちの方はそれほど深刻に心配していなかった。

由良が嬉しそうに笑った。

「私はもう少し、からかわせてもらうけど」

彼女は、空港とは別の場所にある本社で経理の仕事をしている歳上の彼氏と婚約中だから、高みの見物なのだ。もともと総司のファンというわけでもなかったし、可奈子が結婚を報告したときも驚きつつ手放しで祝福してくれた。

「ま、美鈴さまもさ、しばらくしたら諦めるでしょ。可奈子は堂々としていればいいんだよ。なんといっても、如月さんに選ばれたのは可奈子なんだもん。愛に勝るものはなしだよ!」

愛に勝るものはなし。

その言葉に、可奈子の胸がコツンと鳴る。可奈子だってつい最近まではそう思っていた。だからこそ、ふたりの結婚が社内に知れ渡りCAたちからの風あたりが強くなった時も、平気な顔をして勤務を続けられたのだ。

……そう、昨夜彼の手帳を見るまでは。

今朝から可奈子に向けられる周囲の目がどうにも気になってしまうのには、手帳を見てしまったことが影響しているのは間違いない。

「それにしてもびっくりだった」

由良の言葉に、可奈子は顔を上げた。

「だって可奈子、パイロットに憧れはない、恋愛対象にはならないって、きっぱりハッキリ言ってたじゃない? パイロットが来る飲み会には絶対に参加しなかったのに、その言葉をあっさり覆す結婚だったんだもん。私、裏切られたような気持ちだった。本社の彼の同僚から可奈子を紹介してほしいって話も結構あったのに、全部ダメになっちゃったんだよ。ま、相手が如月さんなら、わからなくもないけど」

恨めしそうに言う由良に、可奈子は慌てて口を開く。

「それは、ごめん。あれは嘘じゃなくて、本当にそう思っていたんだよ。総司さんとだって一年前までは、話したこともなかったんだから。でも……なんか自分でもよくわかんないうちに、こうなっちゃったんだよね……」

「よくわかんないうちに？　そんなことってある？」

首を傾げる由良を見つめながら、可奈子は総司とはじめて話をした日の出来事を思い出していた。

＊＊＊

可奈子が総司とはじめて話をしたのは、さかのぼること一年前。夏の福岡でのことだった。可奈子は休みの日によくひとり旅をしていた。

NANA・SKYには、自社の運航する航空便に空席がある場合、社員は無料で搭乗できる制度がある。普通なら気軽には行けないような遠い場所でも、この制度を利用すれば訪れることができるのだ。観光するというよりは、その地の名産といわれている美味しい物を食べるのが好きで、可奈子はよくこの制度を利用していた。

由良と予定が合う時は一緒に行くこともあるけれど、同期だから基本的に休みはバラバラでほとんどがひとり旅だ。日帰りの時も多いけれど割引になる自社系列のホテルを使い泊まる時もあって、その日の福岡は泊まりの予定だった。

「あ、降ってきちゃった」

ホテルを出て、目的地に向かうため街路樹が並ぶ歩道を歩いていた可奈子は、ぽつりと頬に雫があたるのを感じて呟いた。とっぷりと日が沈んだ夜の街は、ネオンが輝いている。

そういえば昼間博多《はかた》の街を散策している時からずっと空はどんよりと曇っていた。

「どうしようかな」

ため息をついてそのまま少し考える。今はそれほどでもないが、そのうち強く降るだろう。ホテルに戻るには少し距離があるから、その辺りのコンビニでビニール傘を買う必要がありそうだ。でも土地勘がないからコンビニがどこにあるのかがさっぱりわからなかった。

とりあえず地図アプリで場所を確認しようと可奈子が携帯を取り出した時、大きな黒い傘が自分を雨から守るように広がっていることに気が付いた。

傘を手にしているのは背の高い男性だ。

ぎょっとして、可奈子は咄嗟に身を引こうとする。でもすぐに、「あ」と声を漏らし思い留まった。傘を広げている男性に見覚えがあるからだ。

「……え……？　き、……如月さん？」

ＮＡＮＡ・ＳＫＹきってのエリートパイロット、如月総司だった。

同じ会社に勤務しているとはいえ話をしたこともない人物の思わぬ登場に、可奈子の頭と身体はフリーズする。彼は、仕事中のパイロットの制服姿ではなくラフなシャツとジャケット姿だが、その整った容姿と存在感は空港にいる時となにも変わらない。ＯＬと思しき女性たちが、すれ違いざまにチラリと意味深な視線を送っていた。

総司が微笑んだ。

「驚かせてしまったかな。雨に濡れていたから、つい。君は、伊東《いとう》さんだね」

『いつ聞いても如月さんの機内アナウンス、聞き惚れちゃうよね』とＣＡたちに噂されているのが納得の、落ち着いた低い声で彼は可奈子に確認をする。

可奈子は、その問いかけにポカンとしたまま答えられなかった。自分の名前を呼ばれたことに驚いたからだ。

彼の方は社内の有名人だから、可奈子が知っているのは当然だ。でもその逆は……。なにも答えない可奈子に、総司が首を傾げた。

「違ったかな？」

「い、いえ、そうです。伊東です」

可奈子は慌てて頷いた。

「よかった。でもどうして福岡《ここ》に？」

彼の疑問はもっともだ。

この時間に福岡にいるということは、彼はおそらく今夜は福岡泊まりなのだろう。ステイと呼ばれるパイロットやCAの勤務体制だ。でも可奈子はグランドスタッフだから、基本的には勤務地以外の都市へ仕事で行くことはない。福岡にいるのを不思議がられるのは当然だ。

「ええ、まぁ、ちょっと……」

どぎまぎしながら可奈子は明言を避ける。この状況、とても居心地が悪かった。もしも今ここにいるのが可奈子ではなく他のグランドスタッフだったとしたら、きっと天にも昇る心地だろう。偶然にでも社内の王子様と話ができて、しかも名前まで呼んでもらえたのだから。

でも可奈子はそうは思わない。

自分の肩が濡れるのも気にせずに、可奈子の方へ傘を差し出している彼から目を逸らし、見える範囲にコンビニはないかと視線を彷徨わせた。さっさと傘を買って、目的地に向かいたい。

その可奈子に、また総司から声がかかる。

「目的地まで送るよ。駅？」

可奈子はまたもやぎょっとして視線を彼に戻す。

背の高い彼は優しげな眼差しで可奈子を見下ろしている。どこか優雅にも思えるその姿は、社内で王子様と呼ばれているのも納得だった。しかもただ同じ会社だというだけの可奈子に、こんなにも親切にしてくれるのだ。すぐ近くで働いているCAたちが夢中になるのも無理はない。

でも可奈子は違っていた。放っておいてくれたらよかったのに、と思うくらいだ。

礼儀として口元に笑みを浮かべ、首を横に振る。

「大丈夫です。その辺のコンビニで傘を買いますから」

「そう？　コンビニならあっちの信号を渡った先にあるけど」

言いながら彼は大通りに視線を送る。勤務の都合上パイロットが地方に泊まるのはしょっちゅうだから、土地勘があるようだ。

「案内しよう」

「え⁉　だ、大丈夫です。ひとりで行きます！」

反射的に、やや強く拒否をしてしまう。でも総司は引き下がらなかった。

「雨が強くなってきた。走って行っても相当濡れるよ」

「私、足速いんです」

「だが」

「本当に大丈夫です」

すると総司が口の中でなにやら意味深なことを呟く。

「……噂通りだな」

「え？」

「いや、なんでもない」

そして小さくため息をついて、また口を開いた。

「放っておけず声をかけたのは俺だが、ここまで関わっておいて君が濡れるとわかっているのにこのまま行かせるのは寝覚めが悪い。俺と一緒に歩くのは嫌かもしれないが、コンビニまでそう遠くはないから付き合ってもらえるとありがたい」

その少し困ったような眼差しに、可奈子はハッとして口を噤む。彼は本当に親切で言ってくれているのに、可奈子の対応はいくらなんでも失礼すぎだ。

それに可奈子は彼と一緒に歩くのが嫌だというわけではない。ついいつものクセで、反射的に拒否をしてしまっただけなのだ。冷静になって考えたら、可奈子の中のこだわりは、彼にはまったく関係がない。

「あの……」

急に申し訳ない気持ちになってしまって恐る恐る口を開くと、総司が優しげな眼差しでそんな可奈子を見つめている。その中に可奈子を警戒させるものは一ミリも浮かんではいなかった。

「じゃあ……、お願いします」

雨が降りしきる歩道を大通り目指して歩きながら、妙なことになってしまったな、と可奈子は考えていた。

はじめて話をしたけれど、噂通り彼はカッコよくて紳士的でいい人だった。後で同僚に話したらきっと羨ましがられるだろう。

でもなんと言っても彼はパイロットなのだ。その彼と一緒にいることが、可奈子にとってはありがたくない状況だ。

そもそも可奈子はパイロットという職業に苦手意識を持っている。普通なら憧れの対象になるべき職業の人たちだが、なるべく関わりたくないと考えていた。

航空会社に勤めていながら、可奈子をそうさせている原因は、可奈子の生い立ち……父親にある。

可奈子の父親は、NANA・SKYとは別の航空会社のパイロットだった。仕事柄留守にすることは多かったが、家にいる時はたくさん遊んでくれる、可奈子にとっては優しい父親だった。

可奈子は父が大好きで、小さな頃は膝に乗って雲の上を飛ぶ話をしてほしいとせがんだものだ。そしていつも父の帰りを待ち侘びた。

その父と母が離婚したのは、可奈子が高校生になってすぐ。子供の目からは仲睦まじく見えていたから、可奈子は大きなショックを受けた。しかも別れの理由が、父の女性関係だというのだから尚更だった。

パイロットとして世界中を飛び回っていた父は、たびたびステイ先で羽目を外し、母を悲しませていたのだという。その母の堪忍袋の緒が切れたのだ。

『可奈子、ごめんな』

心底反省したように言って家を出ていく父に、可奈子はなにも答えなかった。パイロットである父を尊敬していた分、その職業を利用して母を裏切っていた父がどうしても許せなかった。

『パイロットなんてモテる職業なんだから、浮気の一度や二度あるだろう。パイロットと結婚したんだからそのくらいは覚悟していないと』

離婚を報告した母に祖父が言っていた言葉に、可奈子はこだわり続けている。

モテる職業だから浮気を覚悟しなければならないというのなら、自分の結婚相手は絶対にパイロットは嫌だった。

そしてその可奈子のこだわりは、NANA・SKYへ入社してさらに強くなっていった。入社してからの三年間で、幾度となくパイロットから声をかけられたからだ。

華やかで美しいCAたちならともかく、地味で目立たない可奈子にまで声をかけるなんて、パイロットという職業の人たちはどれだけ見境がないのだろう。やっぱり彼らは女性関係が派手なのだ。きっと父もこうやって母を悲しませたのだ。

いつしか可奈子は、〝パイロットに誠実な人はいない〟とまで考えるようになっていた。

「これから夜ご飯でも食べにいくの?」

隣を歩く総司が、前方に見える大通りのネオンを見つめながら可奈子に問いかける。

可奈子はぎこちなく頷いた。

「……はい」

そしてうつむいたまま、気まずい思いであたり障りのない言葉を口にする。

「如月さんは、福岡にステイですか」

「ああ、俺も食事に出たところなんだ」

「そうなんですね、おつかれさまです」

そのまま、次に言うべき言葉を見つけられずに黙り込む。早くコンビニに着かないかなという考えで頭の中がいっぱいだ。

そもそも可奈子はべつに彼がパイロットでなくたって、同じように気まずい思いをしただろう。男性と並んで歩くということ自体にまったく慣れていないのだ。

父のことが尾を引いて、学生時代は恋愛から遠ざかっていた。社会人になってからはさすがにこのままではまずいと思い、本社社員との合コンなどに参加するようにはしているが、結果はあまり芳しくない。男性とふたりきりになると、なにを話していいのかさっぱりわからなくなるのだ。

一方で、総司の方は慣れた様子で平然と話し始めた。

「伊東さんは福岡はよく来るの？」

「い、いえ。はじめてです」

「そう、いいところだよ。美味しい物がたくさんある」

なぜ可奈子が福岡にいるのかという理由には深く踏み込まずに話し続ける総司に、可奈子はホッとして相槌を打った。

「そうなんですね」

実はこのようなシチュエーションは、何度か経験があった。自社系列のホテルに泊まるのだから自社の誰かと顔を合わせることも珍しくはない。そしてそれが若いパイロットだと、なぜここにいるのか、どこへ行くのかとしつこく尋ねられ、ひとりなら一緒に食事をしないかと誘われるのだ。

べつに食事をするくらい、同じ会社の人間としてなんでもないことくらいはわかっている。彼らも軽い気持ちで誘っているに過ぎないだろう。

でもパイロットがステイ先で女性と食事に行くという行為自体に、父が母を悲しませたことを彷彿とさせられて、可奈子は一度もその誘いに頷いたことはなかった。

「大通りを越えた先に、よく行く店があってね。福岡でステイの時は大抵そこへ行くんだよ」

総司の言葉に頷きながら、今さら可奈子は少し恥ずかしい気持ちになる。冷静に考えてみれば、総司が他のパイロットのように可奈子を誘うことなどありえないと気が付いたからだ。

彼がどういう人物なのかは、噂でしか知らないがとにかく女性にモテることは間違いない。可奈子を食事に誘う必要などまったくない。

「どんなお店なんですか?」

過剰反応してしまった失態を取り戻そうと、可奈子は彼に問いかける。とにかくコンビニに着くまでは愛想よくしていよう。

「もつ鍋の店なんだ。ひとりでも気軽に行けるところが気に入っていてね」

「へぇ、いいなぁ……でも、おひとりなんですか?」

可奈子は思わずそう反応する。社内ではダントツの人気を誇る彼がひとりだということが意外だった。

総司が眉を上げた。

「あ、いえなんでもありません」

慌てて取り繕うと、総司がフッと笑みを漏らした。

「ステイの時の夕食はコーパイと一緒か、ひとりだな」

そういえば、ステイの時はCAとパイロットは連れ立って食事に行くこともあるけれど、総司はいくら誘っても来ないと、CAたちが愚痴をこぼしていたような。でもコーパイ、つまり副操縦士とは食事をするようだ。

「ひとりで食事なんて、寂しいやつだと思った?」

あれこれ考えて、黙り込んだ可奈子に総司が少し戯《おど》けて問いかける。

可奈子は慌てて言い訳をした。

「え? そ、そんなこと思ってないです! えーと、ひとりの方がリラックスできますよね。わかります、私もこれからひとりで食事ですし」

言いながら一瞬しまったという思いが頭をよぎる。過去、パイロットに声をかけられた際、ひとりだと知られると必ず食事に誘われたからだ。でもすぐに、相手は総司なのだから大丈夫だと思い直した。

「わかってもらえて嬉しいよ」

総司がそう言って微笑んだ。

可奈子はホッと息を吐く。やっぱり彼は他のパイロットとは違う。

そしてすっかり安心したら、今度は彼の言うよく行く店という方に興味が湧いた。

「福岡と言えばもつ鍋ですよね。有名なお店なんですか」

食べ歩きを趣味としている者としては、どんな店か聞いてみたい。さらによさそうな店なら、今度行ってみたかった。

「有名……ではないだろうな。大将がひとりで切り盛りしてるんだが、グルメサイトとかガイドブックの類は断ってるって言ってたから。なんなら看板も出ていない。常連客しか入れない店なんだ。もちろん味は折り紙つきだよ」

「へぇ……」

看板も出ていない、常連客しか入れない店という話に可奈子はますます興味をそそられる。ガイドブック頼りの食べ歩き初級者としては、いつかは全国各地の隠れた名店を行きつけにするのに憧れている。ぜひ今度行ってみたいと思うけれど、看板も出ていないというなら、ひとりで行くのは無理だろう。少し残念だ。

今度は総司が可奈子に問いかけた。

「伊東さんはもう店は決まってるの？」

「えーと、私はまだです。その辺を見て回ってから決めようかと思っていまして……ガイドブックには、あっちの通りに飲食店が並んでるって書いてあったから行ってみようかと思っているんです」

「たしかにあっちは賑やかだな。飲食店もたくさんある。なににするか決めてるの？」

「それもまだ……。福岡といえばもつ鍋ですけどひとりだと入りにくいですし、ラーメンか……」

福岡の名物を挙げながら可奈子はチラリと彼を見る。これからもつ鍋を食べに行く彼を羨ましいと思ったからだ。

気楽なひとりの食べ歩きで、不便なところがこれだった。この世には美味しいけれど、ひとりでは食べに行きにくいメニューがたくさん存在する。俗に言う知る人ぞ知る隠れた名店は、女性がひとりで入るのは勇気がいる場合がほとんどだ。

今回可奈子は、福岡に来ると決めて早々にもつ鍋は無理だと諦めた。すごく食べたいけれど、今度由良と一緒に来る時までお預けだ。でもやっぱり食べたかったから、ひとりで行ける気楽な店を知っていて、今から行くという彼が羨ましい。

なんとなく今日はラーメンかなと納得していたはずなのに、もはやそれでは物足りない気分だった。

「本当はもつ鍋が食べたかったんですけどね……」

思わず本音が漏れてしまう。

総司がくすりと笑みを漏らした。

「たしかにもつ鍋はひとりでは行きにくいかな。俺もひとりで行くのは今から行く店だけだ」

「長く通ってらっしゃるんですか？」

「ああ、航空大学《こうくうだいがく》の先輩に紹介してもらって行くようになったんだが、いい店だよ。締めのラーメンが最高だ」

「ラーメンですか？　いいなぁ」

可奈子の口からまた素直な言葉が出る。

なんだか変な気分だった。いつもの可奈子だったら考えられないけれど、このまま彼がその店に一緒に行かないかと誘ってくれたらいいのに、という思いが頭に浮かんだからだ。

彼の話すお店も、もつ鍋もすごく魅力的だ。

もちろん彼は、ついさっきステイの時の食事はひとりだと言っていたのだから、そんなことはありえないのだが。

「まあ、お世辞にもお洒落な店とは言い難いんだけど。……あ、こんなこと言ったら大将にどやされるな」

そう言って彼は少しいたずらっぽい笑みを浮かべる。

その彼に、可奈子の胸がドキンと跳ねた。

空港での彼は遠巻きに見ていても、いつも堂々としていて冷静沈着、どこか人間離れしているようにすら思えるくらいの人物だ。まさかこんな風に気楽に話ができる相手だとは思わなかった。社内の誰もが憧れる人の素顔を、思いがけず垣間見たような気がして可奈子の心は浮き立った。

「い、意外です」

どぎまぎしてしまっているのをごまかしたくて、可奈子は急いで口を開いた。

「如月さんが行くお店って、高級でお洒落なところばかりだっていうイメージだったから」

「高級な？」

「そ、そうです。えーと、ホテルの最上階のバーとか、会員制のレストランとか。ライトアップされたプールが見えるテラス席で黒いスーツの人がカクテルを持ってきて……」

思いつくままに勝手な想像を口にする可奈子に、総司が噴き出した。

「どんなイメージだ！」

そしてそのまま、肩を揺らしてくっくと笑い続ける。その彼の笑顔に、可奈子の目は釘付けになってしまう。胸のドキドキは大きくなるばかりだった。

「き、如月さんは、私たちにとっては雲の上の人ですから」

頬を染めて口の中でモゴモゴ言うと、笑いながら彼は答えた。

「なんか期待に添えなくて、申し訳ない気分だな」

「そ、そんなことはないですけど。でも、よく考えたらそうですよね、そんなわけありませんよね。普通の日の食事なんだから……」

「ステイの時に行く店はだいたい決まっているけど、どれも今から行く店と同じような気楽な店ばっかりだよ。プールもないし、黒服はいない……」

そう言ってくっくと笑い続けるものだから、可奈子のドキドキはなかなか治らなかった。

「か、海外にも決まったお店があるんですか？」

パイロットとは関わらないと決めているはずなのに、もっと話を聞きたくなって、可奈子はさらに問いかける。いつものこだわりが全然気にならないのは、きっと思いがけず目にしてしまった彼の笑顔と気さくな人柄のせいだろう。

「ああ、だいたいはコーパイ時代に先輩に連れていってもらって、そこがそのまま行きつけになったって感じだな」

「世界中に気軽に行けるお店があるなんて、いいなぁ」

花の都パリのレストランや、スペインのバル、イタリアの家庭的な食堂なんかが頭に浮かんで可奈子は思わず笑顔になる。さすがにひとりの気楽な食べ歩きで、海外にまで行ったことはなかった。

「パイロットの役得だね」

「ですね。ちなみに如月さんのおすすめは……」

わくわくと胸が躍るのを感じながら可奈子はさらに尋ねようとする。でもそこで彼が足を止めたことに気が付いて口を噤んだ。いつのまにかコンビニに到着してしまっている。

立ち止まり背の高い彼を見つめながら、可奈子は胸の中のわくわくが急速に萎んでいくのを感じていた。

不思議な気分だった。

ついさっきは、あんなに長いと感じていたコンビニまでの道のりが、あっという間だったからだ。しかも着いてしまったことをこんなにも残念に思っている。

「伊東さん？」

黙り込んだ可奈子に、彼が首を傾げている。

可奈子はハッとして、慌てて頭を下げた。

「あ、ありがとうございました」

「ん、気を付けて」

その言葉にもう一度頭を下げてから、可奈子はそのままコンビニへ駆け込んだ。ビニール傘は入口付近にあるけれど、手には取らずに意味もなくコンビニの中をウロウロする。

まったく経験したことがない感覚に、落ち着かない気分だった。

はじめて話をした総司は見た目が完璧だというだけでなく、親切で紳士的でそしてなによりも気さくな人柄だった。

CAたちが騒ぐのも納得だ。

パイロットとは関わらないと固く心に決めたことも忘れて、可奈子は彼との時間を楽しんだ。あろうことか、もっと話をしたいと思ってしまったのだ。

少し頭を冷やさなくては。

可奈子は冷たいお茶を手に取りレジへ向かう。なんだかこれからひとりでラーメンを食べるのがひどくつまらないことのように感じた。

常連客しか行けないというもつ鍋の店も、世界中にあるという彼の行きつけの店の話も、勤務時間中には見られないであろう彼の笑顔も、どれも魅力的だった。

もしさっき、可奈子の方から一緒に食事に連れて行ってほしいと頼んだら、彼はオーケーしてくれただろうか。

楽しい時間を過ごせたのだろうか。

いや無理に決まってると可奈子はその考えを打ち消した。その可能性はゼロだろう。なにしろ彼は、あの美しいＣＡたちがいくら誘っても食事の場には来ないのだ。断られるに決まっている。

無意味なことを考えるのはよそうと、ため息をつきながら可奈子はコンビニを出ようとする。そこへまた声をかけられた。

「伊東さん」

先を行ったはずの総司だった。

「如月さん⁉」

買ったばかりのお茶を抱きながら可奈子は目を丸くする。てっきりもう行ってしまったと思ったのに。

「君が行くと言っていた通りの向こう側に、女の子は行かない方がいいエリアがあったのを思い出して、伝えておこうと思ったんだ」

総司が可奈子のお茶を見て不思議そうに目を瞬かせた。

「傘は買わなかったの？」

「え？　……あ！　わ、忘れてた！」

可奈子は声をあげて真っ赤になる。火照った頬とドキドキを落ち着かせなくてはということに気を取られて、肝心の物を買い忘れてしまっていた。

総司がくっくと肩を揺らした。

「伊東さん、勤務中はミスなく一生懸命やってくれてるけど、普段は意外と抜けてるんだね。それともなにか気になることでもあった？」

もう可奈子のドキドキは止まらなくなってしまう。

仕事のことを褒められたことも、もう見られないだろうと思っていた彼の笑顔を、思いがけずまた見られたことも嬉しかった。

「あ、あの……な、なにを食べようかなーってことで頭がいっぱいで。やっぱりもつ鍋羨ましいな、なんて思って……」

まさか〝あなたのことを考えていました〟と言うわけにもいかなくて、可奈子はあたふたと適当な言葉を口にする。

総司が笑いながら、それに応じた。

「そんなにもつ鍋食べたいんだ。じゃあ今から俺と一緒に行く？　味は保証するよ」

「え？　い……、……ええ⁉」

絶対に無理だと思っていたことをさらりと提案されてしまい、可奈子はここがコンビニの前だということも忘れて、大きな声を出してしまう。頭の中はプチパニック状態だ。

総司が肩をすくめた。

「もちろん、俺と一緒が嫌じゃなければ、の話だが」

「そ、そんなこと思いません！　で、でも、如月さんはステイの食事はひとりって決めてるって……！」

「べつに決めてるわけじゃないよ、楽しく過ごせそうなら、なんでもいい」

唖然としながらも、可奈子の胸はキュンと跳ねる。

ＣＡとの食事は必ず断るという人が、これじゃあまるで可奈子となら楽しく過ごせるとでも言っているみたいじゃないか。

「もちろん気を使うなら断ってくれてかまわない。君は、ひとりで食べる方が気楽だとさっき言っていたしね。無理強いはしないよ」

そう言って総司はにっこりと微笑んだ。

彼のこの少し茶色い綺麗な瞳に見つめられて、断れる女性がこの世に存在するのだろうか。

冷たいお茶を抱きしめて、可奈子はゆっくり頷いた。

「ご、ご一緒させてください」

＊　＊　＊

「なるほどね」

カレーライスを食べ終えて水を飲み、由良が頷いた。

「話してみたら思っていたよりも気さくな人だった。だから一緒に食事をすることになった、と」

「うん。本当に自然に、そういう気持ちになっちゃって。今から考えると、なんか魔法にかかったみたいだよね」

総司との馴れ初めを話し終えて、可奈子はスプーンを置く。

入社以来、由良とはずっと親しく付き合っているが総司とのことを詳しく話すのははじめてだった。可奈子と彼は福岡での食事をきっかけに親しく話をするようになったのだが、可奈子はそれを社内の誰にも秘密にしていたからだ。

なにしろ彼は社内では常に注目の的なのだ。迂闊なことを言うわけにはいかない。

しかも結婚してからは、勤務を続けながらの引越しなどであれこれと忙しくて、彼女とゆっくり話をする機会がなかったのだ。

「声をかけられた時は、確かにちょっと困ったなって思っていたのに……」

今思い出しても不思議なくらいコロリと気持ちが変わってしまった。

由良がふふふと笑みを漏らした。

「でも、ま、それは仕方がないんじゃない？　なんといってもあの如月さんなんだし。名前と顔を覚えてもらえたってだけでまいあがっちゃうよね。彼氏持ちの私だって冷静でいられたかどうか」

その言葉に可奈子の胸がコツンと鳴った。

そういえばあの時はその後の出来事に気を取られてあまり深くは考えなかったが、やっぱり彼が可奈子の名前と顔を把握していたことが不自然なような気がしたからだ。なにせＮＡＮＡ・ＳＫＹ全社でグランドスタッフは千人を下らないのだ。いくら同じ空港を拠点にしているとはいえ……。

ロッカールームで聞いたばかりのＣＡたちの噂話が頭に浮かんだ。彼がはじめから可奈子の名前を把握していたのは、適当な結婚相手の候補として狙いを定めていたからだろうか。

嫌な想像で頭の中がいっぱいになっていくのを感じて可奈子は慌ててその考えを打ち消した。

まさか、そんなことあるはずない。あの時の総司にそんな素振りは一切なかったじゃないか。

「ま、あんたは気にせず、堂々としていればいいの！　極上の旦那さまを手に入れたんだもん。ちょっとしたやっかみは仕方がない仕方がない」

明るく由良が言い切る。

可奈子は胸の中に黒いもやもやが広がっていくのを感じながら、無理やり笑みを浮かべた。


とっぷりと日が暮れた煌びやかな街の明かりを、可奈子は自宅のリビングのソファに座り見つめている。風呂に入りパジャマ姿で、後は寝るばかりの格好だ。

総司の方は可奈子と入れ違いでバスルームを使っている。もうすぐしたら出てくるだろう。

今夜彼は、朝告げた通り何事もなく帰宅した。福岡空港で買ったという土産の明太子を添えて、ふたりは夕食を囲んだのだ。

首に下げたタオルをギュッとにぎりしめて、可奈子はあれこれ考えを巡らせる。

複雑な気分だった。

今夜は、愛おしい彼と久しぶりにゆっくりと夜を過ごすことができる。きっと彼はたくさんの愛の言葉を口にして、熱い愛撫で可奈子を翻弄するのだろう。でもその彼の愛情を、素直に受け止められる自信が今の可奈子にはない。

彼に疑念を抱いたまま、彼に抱かれるのが少し怖い。

あの福岡での出会いの日、彼に連れて行ってもらったもつ鍋の店は彼が言っていた通り、気楽で居心地のいい店だった。

ガヤガヤと常連客たちがくつろぐ庶民的な店内のカウンター席で横並びになり、ふたりはたくさん話をした。NANA・SKYに入社してから食べ歩きが趣味になったのだと言う可奈子に、彼は世界中のグルメの話をしてくれて、可奈子はそれを夢中になって聞いたのだ。

そして遅くならないうちにホテルに戻りロビーで別れた。下心など微塵も感じさせないそんな姿も紳士的で素敵だと、可奈子の胸はときめいた。

大切な福岡の夜の思い出。

でもそれが彼にとっては打算的な結婚をするための〝なにか〟だったのだとした

ら……。

胸が締め付けられるような心地がして、可奈子はギュッと目を閉じる。

今まで彼の言動を不審に思ったことなど一度もない。ふたりは純粋に恋に落ちて結婚を決めたのだ。

CAたちが言っていたような愛のない結婚ではないはずだ。

でも……。

その時、リビングのドアがガチャリと開いて、可奈子はびくりと肩を揺らす。

総司がバスルームから出てきた。

彼に背を向けて街の明かりを見つめたまま、可奈子はこくりと喉を鳴らす。彼の動きに全神経が集中する。

彼は一旦キッチンに寄り、冷蔵庫から出したミネラルウォーターを飲んでから、ゆっくりと可奈子のところへやってくる。

緊張で息苦しささえ覚えるくらいだった。

まるではじめて彼に抱かれた夜のようだ。でもその緊張の元となる感情がまったくあの時とは違うということが悲しかった。

「可奈子」

すぐ隣に腰を下ろす彼の目をまともに見ることができない。少し茶色い彼の瞳に真正面から見つめられたら、胸の中の不安を見透かされてしまいそうだ。

うつむいたまま黙り込んでいると、彼がくすりと笑みを漏らした。

「まだ慣れない？」

その言葉にためらいながらこくんと頷く。言えない疑惑はさておいて、本当の気持ちでもあるからだ。

結婚してからの日々で、彼とゆっくり過ごせた夜はそう多くはない。もともと男性経験がなかったことも影響して、まだ慣れるという状態からはほど遠い。

「でも……大丈夫」

可奈子がそう口にすると、引き寄せられて腕の中に閉じ込められる。彼の香りが強くなった。

「可奈子、愛してるよ」

低くて甘い彼の声音が耳をくすぐる。言葉にしなくたってその声で名前を呼ばれるだけで、愛されていると感じるのに。

顎に添えられた手に促されるままに上を向くと、すぐに唇が塞がれる。

深くて熱い口づけに、可奈子の脳が甘く痺れる。柔らかい彼の熱が可奈子の中の疑念を少しずつ鈍らせてゆく。

——大丈夫、私は愛されている。

自分に言い聞かせるように心の中で唱えながら、可奈子はゆっくりと目を閉じた。

＊＊＊

夜更けの夫婦のベッドの中で、すーすーと寝息を立てる可奈子を、総司はジッと見つめている。

柔らかくて真っ直ぐな黒い髪、長いまつ毛、ふっくらとした白い頬。濡れたような大きな瞳のせいで、年齢よりも少し若く見られるのが悩みだと本人は言う。どこか不安そうに寄った眉に、総司はそっと指で触れる。そして、今夜の彼女を思い出す。

慣れない行為に恥じらうのはいつものことだが、それにしてもなにかが違うような気がした。うわの空で、心がここにないような。それでいてなにか言いたげな瞳で、総司を見つめていた。

艶のある黒い髪に指を絡めて総司は考え込む。

彼女がＮＡＮＡ・ＳＫＹに入社してはじめて話をした日から、約半年という短い期間で結婚までこぎつけた。籍を入れてから約半年、機長昇格試験のために忙しくしていたとはいえ、すべてが順調に進んでいるはず。だが、ここにきてズレがではじめているのだろうか。

眠る可奈子にキスをして総司はあることを思い出し、サイドテーブルに置いてある携帯を手に取った。タップしてメッセージアプリの画面を開く。今総司を悩ませている相手からのメッセージだ。

【明日予定通り、大阪《おおさか》で】

その内容に、総司は眉を寄せてため息をついた。明日、総司は大阪でステイの予定だ。その夜に会うことになっている。

相手との関係は、可奈子には絶対に知られるわけにはいかないから、万が一を考えて会うなら地方にしてほしいと言ったのは総司の方だ。請われて、スケジュールを伝えたのも総司だが、流石にこう頻繁だと可奈子に気が付かれてしまうのではないかと少々憂うつな気分になる。

このメールが来たのは今日の午前中だが、やはり明日は会わない方がいいのではという迷いもあって、返信できていなかった。とはいえ、そろそろ返信しなくてはと思った時、手の中の携帯が震える。画面を見て総司は思わず心の中で舌打ちをする。

メッセージの相手からの着信だ。

返信が遅いことに痺れを切らして電話してきたのだろう。総司はため息をついてから、可奈子を起こさないよう慎重にベッドを出た。

＊　＊　＊

すぐそばにある温もりが離れたような気がして可奈子はうっすらと目を開ける。隣を見ると、一緒にベッドで眠っているはずの総司の姿がなかった。

トイレにでも行ったのだろうと思いもう一度目を閉じる。でも眠気は戻ってこなかった。代わりになんだか嫌な予感がして目が冴えはじめる。ドアの向こうで総司が話す声がしたからだ。

もちろんこんな時間に誰かが来ているわけはないから、おそらく電話をしているのだろう。

でもこんな時間に?

可奈子の鼓動が不吉なリズムを刻みはじめる。時計を見ると、時刻は十一時を回っていた。

こんなに夜遅くにわざわざ電話で話すほどの相手とは、いったい誰だろう？

可奈子はそうっとベッドを出て、ドアに近づき耳を澄ませる。

総司自身が声をひそめているから、言葉は不明瞭で聞き取りづらい。ただ、彼にしては珍しくどこか焦っているように思えた。一生懸命に相手をなだめているような……。しきりに「まだ早い」と繰り返している。

最終的には根負けしたように、「では大阪で」と答えて電話を切った。

可奈子は慌ててベッドに戻りさっきと同じように目を閉じる。不可解な彼の行動に、胸の鼓動はドキンドキンと鳴り続けている。

しばらくすると総司が部屋へ戻ってきて、可奈子の隣のベッドへ入る。その気配を可奈子は息を殺して窺っていた。

なんとなくジッと見られているような……。

やがて彼はため息をつき静かに眠りについた。


「じゃあ、可奈子行ってくるよ」

次の日の朝、玄関で出勤するため靴を履いた総司が可奈子を振り返る。

「今日は大阪ステイだから帰れないけど」

その言葉に可奈子は頷いた。

「はい、気を付けてください」

「ん、ありがとう」

彼は可奈子を抱き寄せてキスをする。彼の腕がしっかりと身体を支えてくれるのを感じながらかかとを浮かせて可奈子は応えた。

背の高い彼と立ったままキスをする時は、可奈子は少し背伸びをする必要がある。だから彼はいつもこうやって、可奈子が無理な体勢にならないように腰に腕を回してしっかりと支えてくれるのだ。

「じゃ、いってきます」

静かに閉まるドアを見つめて、可奈子はしばらくそこから動くことができなかった。眠れない夜を過ごしたはずなのに、頭の中はシンと冷えてまったく眠気を感じない。

昨夜彼は電話の相手に『大阪で』と告げていた。タイミングから考えて、今日の大阪ステイと関係している可能性は高いだろう。

つまり電話の相手と今夜大阪で会うということだろうか。特にそれらしいことはなにも言っていなかったけれど……。

と、そこまで考えて、可奈子の胸がズキンと痛む。ステイ先で妻に言えない誰かと会う、それがまるで可奈子の父親を彷彿とさせる行動のように思えたからだ。一度は納得し忘れようとした心の傷がじくじくと痛みだす。

でもそこで可奈子はかぶりを振って、その考えを打ち消した。全部可奈子の想像にすぎない。彼が今夜大阪で誰かと会うだろうということも、それが自分には言えない誰かだろうということも。

そもそも彼は誰とも会わないかもしれないし、たとえ会うのだとしても可奈子に言わなかったのは、そうする必要のない可奈子の知らない相手だからだ。夫婦だからといってすべてを共有しなければならないなんてことはないのだから。

そう自分を納得させて、自分の支度をするために可奈子はリビングへ向かった。

総司の疑惑

「あー疲れた。今日のフライト最悪だったね。揺れるし、お客さんはうるさいし、ほんと、天候が悪い時のフライトはごめんこうむりたいわ」

仕事終わり、ロッカールームで由良とふたりで着替えていた可奈子の耳に、同じくフライト終わりのCAたちの会話が飛び込んでくる。

「私もー、頭が痛くなっちゃう」

彼女たちはぶちぶちと文句を言いながら自分のロッカーをバタンバタンと開け始めた。CAの仕事は華やかに見えるがパイロット同様不規則かつ激務だ。ロッカールームでこんな風に文句を言っていることは、べつに珍しいことではなかった。背の高いロッカーが何列も並ぶ奥にいる可奈子たちの存在にはおそらく気が付いていないのだろう。彼女たちは話し続ける。

「でも如月さんの操縦ならあそこまで揺れなかったんじゃない？　きっと田中《たなか》機長が下手なのよ」

「私もそう思う、やっぱ如月さんって完璧だよねー」

勝手なことを言って盛り上がる彼女たちの話に、可奈子と由良はハンガーを持つ手を止めて顔を見合わせる。そして、自分たちがここにいることを知られてはならないと目配せをして息を潜めた。

「如月さんと言えば、あの噂って本当なのかな?」

CAのうちのひとりがやや声を落としてそう言うと、別のCAが答えた。

「ステイの時の……ってやつ?　どうだろ、確かに私はそれらしい場面を一回見たけど……」

〝ステイの時の……〟

不穏なものを感じさせられるワードに、可奈子の胸がドキンドキンと嫌な音で鳴りはじめる。由良も眉をひそめている。

「え?　あんた見たの?　だったらやっぱり前田機長の話、本当だったんじゃん!」

その指摘に、可奈子の胸がズキンと痛む。〝あの噂〟の詳細はまったくわからないけれど、前田の話というのには心あたりがある。可奈子とは本気の結婚ではなく機長昇格試験を有利にするための便宜上の結婚だったのではないかという話のことだ。それを裏付けるような噂とはいったいなんなのだろう。

一方で前田の話についても初耳であろう由良は、なんのことかわからないといった様子で首をかしげていた。

「だったらやっぱり離婚も近いのかもしれないね。いい気味、地味なグランドスタッフが身の程知らずだったんだよ。半年だったらよく持った方じゃない？」

その言葉に、由良が我慢できないといった様子で今にもＣＡのところへ行こうとする。可奈子は慌ててそれを止めた。

ひどすぎる言葉だとは思うものの、あくまでも陰口に過ぎない。本人が聞いているなんて知らないのだから、今さら出て行って揉めるようなことはしたくなかった。

ひとしきり騒いでから、ＣＡたちはロッカールームを出ていった。

「どうして止めるのよ！」

ドアが閉まった途端に由良が不満そうに可奈子を見る。

「私、ひと言言ってやんなきゃ気が済まない。いくら如月さんが結婚して悔しいからって言っていいことと悪いことがあると思う！」

「ちょっとふざけてるだけだよ。私はそれで由良を巻き込む方が嫌だよ」

なんでもないフリをして、由良をなだめながら、可奈子はロッカーをバタンと閉める。

でも心の中は真逆だった。

彼女たちの話が頭から離れない。同時に昨夜の彼の行動が浮かんで胸がきりりと痛んだ。

「あの噂ってなんだろう？　前田機長がどうとか言ってたけど……可奈子なにか知ってる？」

由良に尋ねられて可奈子は首を横に振った。

「きっと根も葉もない話だよ。まぁ私みたいな普通の女が王子様って言われてた総司さんと結婚できたんだからあんな風に言われるのは仕方ないのかも。変な噂が流れるのも納得だよ」

不安な気持ちを打ち消したくて、可奈子はわざと気にしていないように振る舞う。

由良がため息をついた。

「そういう自分を卑下するような言い方はよくないよ。可奈子だって可愛いんだから。現に私の彼を通じて、飲み会に呼んでくれって誘いも多かったんだよ。でもあんた何気にガードが固かったじゃない？　個人的な誘いはそれとなく断ってたし。私パイロットだけじゃなくて、男の人自体が苦手なんだと思ってた」

その指摘に可奈子は素直に頷いた。

「それは……そうかもしれない。結婚願望はあったから、なんとかしなきゃって思って合コンには参加してたけど、男の人とふたりきりになるのは苦手なの。なにを話せばいいかわからなくなるのよ」

「でも如月さんは大丈夫だったってこと?」

その問いかけに可奈子は少し考えてから口を開く。

「そうだね。……少なくともなにを話せばいいかわからないって感じではなかったかな。共通の話題があったから……」

「共通の?」

「そう。時々由良も付き合ってくれてたけど、私、食べ歩きに凝ってるでしょ。それで総司さんのおすすめのお店をおしえてもらったりしたりして」

「ふーん、そうなんだ」

由良がロッカーをパタンと閉めた。

「今から思えばラッキーだよね」

いい店を探していたのは可奈子だけではなかった。実は総司の方も、忙しくて気の抜けないスケジュールの中で、ステイの時はできるだけリラックスできる美味しい食事を取れる場所で過ごすことにこだわりを持っていたのだ。

本当なら共通点などなにもないふたりが同じようなことに興味を持っていたことは、今から思えば幸運だったと可奈子は思う。

でも由良の考えは少し違っているようだ。訝しむように目を細めて口を開いた。

「ラッキー？　本当にそうかなぁ？」

「由良？」

「だって、如月さんってすごくガードが固かったって噂だよ。美鈴さまとのことだって、あくまでも美鈴さまの方が熱を上げてて、あの美鈴さまだからいつか落ちるだろうってみんな予想してただけでしょ。それなのに、可奈子とはそんなに簡単に仲良くなっちゃってさ」

由良はそこで言葉を切って、少し考えてからニヤリとして可奈子を見た。

「本当は如月さん、可奈子が食べ歩きに凝っているのを知っていて計画的に近づいてきたんじゃないの？」

「え⁉」

「実は前々から気になってたとか。だったらはじめから可奈子の名前を知っていたのは納得だし。ふふふ、好きな子の趣味を事前にリサーチか。古典的だけど、有効な手段だよね」

「ま、まさか！」

ひとりで納得する由良に、可奈子は声をあげる。

「そ、そんなわけないじゃない！」

同時に胸がドキンと嫌な音を立てた。

今彼女が口にした〝計画的に近づいた〟という言葉がとても嫌な風に聞こえてしまったからだ。由良が言うようにもともと彼が可奈子のことを気に入っていたなんてことはありえない。ＣＡたちが言っていたように適当な結婚相手として可奈子に目星をつけて計画的に近づき結婚したと言われた方が自然に思える。

だとしたら、本当なら共通点など一切なく釣り合いもとれていないふたりが奇跡的に恋に落ちたのも納得だ。

彼の過去の恋愛遍歴を可奈子はまったく知らないが、あのビジュアルとスペックからして豊富なのは間違いない。そんな彼にかかったら可奈子など赤子の手をひねるようなものだっただろう。

食い意地の張った可奈子なら、美味しい料理が食べられる店に連れて行けば簡単に落ちると思われたのかもしれない。

そこで由良の携帯が鳴る。彼女は画面を確認して嬉しそうな顔をした。きっと彼氏からだろう。この後会う予定があると言っていた。

「ごめん、可奈子。私、先に帰るね」

由良は可奈子に断って、携帯とバッグを持ってロッカールームを出ていった。

ひとりになった可奈子は自分も帰り支度をして由良に遅れて廊下に出る。なんだかこのまま総司とふたりで住むマンションに帰る気になれなかった。

誰もいない廊下をのろのろと進む。突き当たりに非常階段へ続くドアが目に入り可奈子は足を止めた。普通に勤務している限りは開けることなどないそのドアの先は、可奈子にとっては特別な場所だ。

ゆっくりと歩み寄り開ける。途端に夏の夕暮れ時の香りがして可奈子は過去に引き戻される。

……あの日も今日と同じように、ここから綺麗な夕日が見えたのだ。

＊　＊　＊

福岡での夜は素敵な思い出として可奈子の胸に刻み込まれたが、その時点でそれ以上の進展を予感させるものではなかった。

あくまでも彼は上司であり、たまたま一緒に食事をしただけなのだ。すごく素敵な人だと思ったけれど一夜明けて東京《とうきょう》へ戻ってみれば、可奈子にとっては遠い存在であることに変わりない。勤務中にパイロットの制服姿で搭乗するのを見るたびに、あの夜のことは夢だったのではないかと、思うくらいだった。

そんな彼と思いがけずまた話をする機会が訪れたのは、二週間が過ぎた頃だった。

「伊東さん」

仕事終わり人気のない廊下をロッカールーム目指して歩いていた可奈子は、声をかけられて振り返る。

窓から差し込む夕日の中に、制服姿の総司がいた。

「如月さん……」

可奈子の胸がドキンと跳ねる。反射的に周囲を見回した。べつに悪いことをしているわけではないけれど、誰かに見られるのは具合が悪い、そんな気がするからだ。彼と食事をしたことを、可奈子は誰にも話していない。

「おつかれさま、今日はもうあがり？」

「はい。お、おつかれさまです」

ドギマギしながら可奈子は答える。

そもそもこうやって会社で声をかけられたことが意外だった。可奈子が福岡での出来事を秘密にしているように、彼の方も可奈子とのことを誰にも知られたくないだろうと思っていたのだ。

少なくとも可奈子の方はこうやって話をしているところを誰かに見られたりしたら、次の日には同僚たちから質問攻めにあうだろう。

だが彼はそんなことはまったく気にしていないようだった。

「どう？　あれからどこかへ行った？」

世間話程度に、可奈子の食べ歩きに関するその後の展開を聞きたがった。

「あ、あれからは、まだ……」

ヒヤヒヤしながら可奈子は答える。彼の背後を、ちらちら見て誰も来ないことを確認する。

すると総司はくすりと笑い「おいで」と言って廊下を進む。そして非常階段へ繋がると思しきドアを開けた。

「わぁ」

ドアが開いたその先にある光景に、可奈子は吸い寄せられるように外へ出て手すりに掴まり声をあげる。

滑走路に並ぶたくさんの航空機が、夕日に照らされて輝いている。

「綺麗……。意外です。ここから滑走路が見えるなんて」

「穴場だよ」

ゆっくりとドアを閉めながら、総司が微笑んだ。

「休憩中によく来るんだ」

これもまた意外な話だった。パイロットには専用の休憩室が用意されている。彼らの体調は航空機の安全な運航に直結するからだ。それなのにこんな場所で休憩時間を過ごしているなんて。

「人が来ないからね。ひとりになりたい時に最適なんだ」

手すりにもたれかかり目を細めて気持ちよさそうに総司は滑走路を見つめている。風になびく少し茶色い髪に日の光が透けて綺麗だった。

可奈子の胸が高鳴った。

もしかしたらここは、彼にとって秘密の休憩場所なのだろうかという思いが頭に浮かんだからだ。

もちろんそれを可奈子におしえたからといって、特別な意味などはないだろうけど……。

「もし近々大阪へ行くなら、いい店を紹介しようと思ってね」

振り返って、総司が言う。前回福岡で可奈子が話した話題の続きだった。

総司から世界中のグルメの話を聞いた後、可奈子の方も自身の趣味である食べ歩きの話をした。今まで行ってよかった場所、食べたもの。次は関西方面に行こうと思っていると言ったことを彼は覚えていてくれたのだ。

嬉しかった。

勤務中に見かける彼は、いつも堂々としていてどこか近寄りがたい空気をまとっている。可奈子はそんな彼を見るうちにあの夜の出来事は夢だったのかもしれないと思うようになっていた。

でもそうではなかったのだ。

ふたりで過ごしたあの時間は夢なんかじゃなくて現実のことだった。彼も覚えていてくれた。

ただそれが嬉しかった。

「伊東さんが行ってみたいと言っていた串カツの店なんだが」

「お、おしえてほしいです」

少し勢い込んで可奈子は言う。

すると総司はにっこり笑って、でもすぐに少し申し訳なさそうな顔をした。

「ただそこも、この間のお店と同じで、本当なら女の子にオススメできる店じゃないんだ」

「大丈夫です。この前のお店の雰囲気、私好きでした。なんだか懐かしい感じがして」

ガヤガヤと常連客がもつ鍋を楽しむ店内はとても居心地のいい空間だった。まるで田舎にあるおばあちゃんの家へ帰ったような空気の中、不思議なほど彼はそこに馴染んでいた。

今度の店はどんな店なのだろう。

その店にいる時も彼はこの前みたいに、リラックスしているのだろうか。勤務中には絶対に見られない柔らかな笑みを浮かべて……。

と、そこまで考えて、可奈子は自分自身に戸惑いを覚える。

頭の中に浮かぶ彼の隣に、なぜか自分がいたからだ。この間のようにふたりはカウンターに並び、楽しそうに笑っている。

「ただ、今度の店はひとりでは行かないように」

総司の言葉に、心は少し外れたところにありながら可奈子が首を傾げると、彼は難しい顔になった。

「繁華街から一本外れた場所にある。客層も……」

夕日を背にする彼を見つめながら、少しぼんやりとして可奈子はまた別のことを考える。

可奈子が最近凝っている気ままなひとりの食べ歩き。でもそれがなぜかひどくつまらないことのように思えた。

彼が紹介してくれるならきっとその串カツ屋は美味しくていいお店なのだろう。だったらせっかくなら誰かと一緒に行きたかった。

いや〝誰か〟ではなくて、この前みたいに地方にステイになった彼と……。

と、そこで可奈子はまた戸惑い動揺する。

記憶にある限り男性に対してこんな風に感じるのははじめてのことだった。

何度か参加した本社社員との合コンでは、いい人だなと感じる人はいても、〝また会いたい、もっと話をしたい〟と望んだことはなかった。

「……さん、伊東さん？」

反応の薄い可奈子に、総司が首を傾げている。背の高い彼を見つめて、可奈子はなんだか急に絶望的な気持ちになる。

両親の離婚が原因で、学生時代は恋愛に臆病になっていた。

最近になって相手を探そうという気になったけれど、いまひとつ男性に対して興味が持てないでいた。もしかしたら自分は一生ひとりなのかもしれないと思ったこともあるくらいだ。

そんな自分が、ようやくそういう気持ちになれたのに、よりによって相手が彼だなんて。

あまりにも高望みすぎる。

この間みたいに偶然一緒になったならともかくとして、普通なら話をする機会さえない相手だ。

「……わかりました。友達がいる時に行きます」

沈んだ気持ちのままうつむいてそう言うと、総司がぷっと噴き出した。そのままくっくと肩を揺らして笑い続ける彼に、可奈子は首を傾げる。

「……？　如月さん……？」

総司が笑いながら口を開いた。

「そんなにがっかりしなくても！　串カツは他の店でも食べられるだろう？」

「え？　……あ！」

彼は可奈子が串カツ屋にひとりで行くなと言われたことで落ち込んでいると思ったのだ。

可奈子は真っ赤になってしまう。なんて食い意地の張ったやつだ、と思われただろうか。

「ど、同僚は同じグランドスタッフだから休みを合わせるのが難しいんです。学生時代の友達は割引きが利かないから、誘いづらいし……」

フライトスケジュールに合わせなくてはならないパイロットやCAとは違い、グランドスタッフの勤務はシフト制で休みの希望を出すことはできる。でも同期で業務内容が重なる由良とは他のメンバーの都合上、休みをずらして取ることが多いのだと可奈子は慌てて言い訳をする。

すると総司がくっくと笑いながら、意外な言葉を口にした。

「なるほどね。じゃあこの前みたいに、俺が付き添おうか。大阪にステイの時にでも」

「……え⁉」

ついさっき、ありえない、高望みすぎると諦めたばかりの希望を思いがけず口にされて、可奈子は目を丸くする。

総司が肩をすくめた。

「伊東さんに、休みを合わせてもらう必要があるけど」

「あ、合わせますっ！」

可奈子は思わず大きな声を出す。

総司が綺麗な目を瞬かせて、すぐにフッと微笑んだ。

「じゃあ、ちょっと待って」

内ポケットから携帯を取り出して自身のフライトスケジュールを確認する彼の隣で、可奈子はドキドキとする胸を持て余していた。

ただ食事をするだけ、あくまでも彼は食い意地の張った部下の付き添いをしてくれるだけなのだといくら自分に言い聞かせても高鳴る鼓動は治らない。

どのような理由でもまた一緒に彼と過ごせるのだということが、信じられなくて嬉しかった。

「念のため、連絡先をおしえてくれる？」

促されるままに、総司に番号とアドレスを告げながら、可奈子は自分が新しい一歩を踏み出したのだと感じていた。

＊　＊　＊

「如月さん、夜はどうします？」

伊丹《いたみ》空港にて、夕方の便のフライトを終えた総司はペアを組んでいた副操縦士の小《こ》なっている。

林《ばやし》に声をかけられる。今日は大阪にステイだから、この後ホテルに向かうことに

「よろしければ、ご一緒したいなと思いまして」

人懐っこい彼とはペアになると昼食や夕食をともにすることが時々あった。ＣＡからの誘いは断るようにしている総司だが、機体の安全な運航のためには、機長と副操縦士のチームワークは大切だ。

体育会系で仕事熱心な彼からは仕事に関する質問を受けることも多いから、総司の方もなるべく彼からの誘いには乗るようにしている。

だが今日は総司は首を横に振った。

「今日はちょっと、人に会う予定があってね」

まだ携帯を確認していないが、時間的に考えて相手はもう約束の場所で総司を待っているはずだ。

「……そうですか」

彼は素直に頷いた。でも表情はどこか釈然としないようだった。わざわざ大阪まで来ていったい誰と会うのかと思われているのかもしれない。だが、事情を話すわけにはいかない。

彼が可奈子に話すとは思えないが、同じ会社の人間であることには違いない。用心するにこしたことはないだろう。とりあえずふたりはＮＡＮＡ・ＳＫＹの事務所へ向かう。

道すがら空港内の土産物屋が並ぶエリアにさしかかる。総司は小林の話に耳を傾けながら、さりげなく店に並ぶ土産物のラインナップをチェックした。

可奈子のためである。今夜のことに対する罪滅ぼしというわけではないが、なにか買って帰ろうかと思ったのだ。彼女の好きな甘い物でも……。

それを、めざとく気が付いた小林に指摘される。

「如月さん。奥さんのお土産を物色してるんでしょう」

総司は彼をチラリと見て咳払いをした。

「いや……まぁ」

「僕ら空港にある土産物なんて珍しくもないから、今更買う気になんてならないはずですけど。そりゃあんな可愛い奥さんが家で待ってるなら、なにか買って帰りたくもなりますよね」

彼は完全に可奈子のためだと決めつけている。だが確かに可奈子と結婚する前まではそんなことをしたことはなかったのだから一目瞭然なのだろう。若い新妻に夢中なのだということを見透かされているのが気恥ずかしく感じた。

「あーあ、羨ましいなぁ」

やや大袈裟にため息をつく小林に、総司は少し後ろめたい気分になる。

彼は可奈子が入社した時から彼女を気に入っていて、食べ歩きに凝っているとかパイロット嫌いだとかいう情報を、雑談まじりに総司にくれた。その話をもとに総司は彼女に近づいたのだ。

「まぁ、僕はとっくの昔に玉砕していましたから、まったく可能性はなかったんでしょうけど。でも如月さん、伊東さんといつのまに、親しくなっていたんです？」

恨めしそうに言う彼に、まさか君からの情報が役に立ったなどと言えるわけもなく総司は言葉を濁す。

「いや、これといってなにかあったわけではないんだが、たまたま話をする機会が続いて……」

実はたまたまなどではなく、はじめての時も二度目も総司が計画的に声をかけて可奈子に近づいたのだ。彼女が、食べ歩きに凝っていることを利用して。我ながら古典的な作戦だったとは思うが、なにごともできるだけシンプルな計画を立てる方が成功しやすいものだ。

「たまたまですか……僕だってそういう機会はあったんだけどな」

小林のため息を聞きながら、総司は二度目に可奈子と食事に行った大阪での出来事を思い出していた。

＊　＊　＊

もつ鍋屋も串カツ屋もお世辞にも女性とのデートにふさわしい場所とはいえないだろう。総司だって高級な店や女性を連れて行くのに良さそうな店くらい知っている。でもそういう店でなかったからこそ、可奈子は警戒せずについてきたのだと思う。

あの日ホテルで待ち合わせて、ふたりは賑やかな大阪の街に繰り出した。そして串カツ屋の赤い暖簾をくぐるなり彼女は目を輝かせた。

「うわー」

声をあげてすぐに慌てたように口を押さえる。素直な反応が可愛かった。

「びっくりした？」

問いかけると、彼女はキョロキョロと店内を見回してやや声を落として言う。

「イメージしてたお店そのままです」

その顔には〝わくわくしています〟と書いてある。

よかった、こんなところは昔の彼女のままなのだと、総司の胸が温かくなった。

店員に促されて、カウンター席に並んで座る。いつもひとりで来ている場所に彼女がいることが新鮮で眩しかった。

「お、兄ちゃん！　やっと連れてきてくれたんやな！　よし、今日はサービスしたるでー」

さっそくカウンターの向こうにいる大将から声がかかる。威勢のいい関西弁に可奈子が目を丸くしている。

「大将、こんばんは」

総司が答えると、なんのことかさっぱりわからない様子の可奈子に大将が説明を始めた。

「この兄ちゃんよく来てくれるんやけどな。パイロットやゆうから、ほなべっぴんさんのCAさんを連れてきてくれとお願いしてたんや。それやのに全然連れてきてくれへんから、ほんまにパイロットなんか⁉って疑ってたところなんやで」

「彼女はCAではなく、地上スタッフです」

総司は苦笑しながら口を挟む。

大将が驚いたような声を出した。

「こんなにべっぴんさんやのにか⁉」

歯に衣着せぬ物言いに、可奈子が唖然としている。今まで関西地方には縁がなかったと言っていたから、頭がついていけていないのだろう。

「大丈夫？」

総司が小声で尋ねると、目をパチパチさせてから、くすくす笑い出した。

「はい。でもちょっとびっくりしちゃって。ふふふ、本当によく来られるんですね」

その笑顔に大将が反応する。

「おおっ！　兄ちゃん、めっちゃかわいい彼女やんか。さすがやな」

「え？　彼女⁉」

可奈子がまたもや声をあげて、頬を真っ赤に染めている。

「ええなぁ、こんな彼女、俺もほしいわぁ」

「あ、あの、ち、ちがっ……！」

思ったことがそのまま顔に出ているような素直な反応を見せる可奈子に、総司の胸はギュッとなる。

上司と部下という関係はすぐにでも終わりにして、早く彼女をものにしたいともうひとりの自分が言う。だが焦りは禁物と、総司はその気持ちに言い聞かせ、落ち着いて口を開いた。可奈子をここへ連れてくると決めた時から大将がこう言うことくらいは予想していた。

「違いますよ、彼女は部下です。大阪の串カツ屋に行ってみたいと言っていたから、連れてきただけです」

「またまたー。いくら言うても誰も連れてこうへんかった兄ちゃんが連れてきたんや。ただの部下ちゃうやろー、ま、ゆっくりしていきや」

大将はそう言って離れていった。

「大丈夫？」

もう一度問いかけると彼女は頬を染めたまま、こくんと頷く。そして、小さな声で

「如月さんの彼女に間違えられるなんて、恐れ多いです」と言った。

「そんなにたいそうなものじゃないだろう」

苦笑して言うと、彼女は口を噤みなにかを考えている。

「どうかした？」

尋ねると思い切ったように口を開いた。

「如月さん。彼女はいらっしゃらないんですか？」

「え?」

「その……本当に今さらですけど、もし彼女がいらっしゃるんだったら迷惑だったんじゃないかと思って」

迷惑どころか総司にとっては今日という日が待ちきれなかったくらいだったのだが、もちろんそれは口に出さない。代わりになるべく彼女を安心させるように気楽な調子で口を開いた。

「迷惑なんかじゃないよ。俺もちょうどステイだったんだから。それに俺にそんな相手はいないから、その点を気にする必要はまったくない」

さらに少し考えて、もうひと言付け加えた。

「彼女がいるなら、こうやって女性とふたりで食事をするようなことは俺はしないよ」

すると可奈子は一瞬嬉しそうな笑みを浮かべ、すぐにごまかすようにおしぼりを手に取って手を拭きだした。

「な、なら、安心しました。……そっか、そうですよね」

「伊東さんの方は大丈夫なの? 彼氏は……」

今度は総司が問いかける。念のための確認だ。彼女は恋人がいるのに合コンへ行くような人ではない。

「私も、そんな人はいないです」

案の定そう答える彼女に頷きながら、総司は今夜のうちに次の段階へ進むことを心に決めた。

可奈子はよく食べてよく話をした。昼間、総司と会う前に大阪の街を観光したこと、その時食べたたこ焼きの話。最後には大将とも親しく言葉を交わしていた。

「串カツってこの雰囲気の中で食べるのが一番美味しく感じるんでしょうね」

そう言って弾けるような笑顔を見せる彼女が可愛くてたまらなかった。

「また来てやー」と言う大将に手を振って、遅くならないうちにふたりは店を出る。

徒歩十分もかからないホテルまでの道のりを、名残おしい気持ちで総司は少しゆっくりと歩いた。

「楽しかったです。それにご馳走になっちゃって、ありがとうございました」

可奈子の足取りも心なしかゆっくりだった。

「いやこちらこそ、ありがとう。やっぱり食事は誰かと一緒の方が楽しい」

本心からそう言うと、可奈子が少し意外そうにこちらを見る。

「如月さん、おひとりの方が好きなのかと思っていました」

「いや前にも言ったけど、べつにそういうわけじゃない。リラックスして過ごせるならなんでもいい」

「……同じステイの方たちを誘われたりはしないんですか？　……その、ＣＡの方とか……」

うつむいて言いにくそうに言う。総司はそれを否定した。

「ＣＡたちにはちょっとああいう店はね。だから、伊東さんが付き合ってくれて嬉しかったよ」

すると可奈子はパッと目を輝かせ頬を染めて「私でよければいつでも」と呟く。総司はそれを聞き逃さず、すかさずそこへ切り込んだ。

「本当に？」

「え？」

ひとり言のような言葉に総司が返したことに驚いたのか、可奈子は瞬きをしている。なるべく気楽な調子に聞こえるように注意しながら総司は言葉を続けた。

「いや、時々こうやって付き合ってくれるとありがたいなと思って。伊東さんに紹介したい店は全国にまだたくさんあるし。もちろん俺のフライトスケジュールに合わせてもらう必要があるから無理にとは言わないけど」

その提案に可奈子は一瞬、信じられないというように目を開いて、すぐに嬉しそうに、頷いた。

「もちろんです。楽しみにしています」

その表情に、困惑や嫌悪といった感情は微塵も浮かんでいないことを確認して、総司はにっこりと微笑んだ。

「じゃあ、フライトスケジュールが決まったらその都度メールする」

＊　＊　＊

大阪フライトの後処理もつつがなく終わり、小林と別れてホテルに荷物を置いた後、総司はすぐに約束の店へ向かう。街の雑踏を見つめながら総司は可奈子とのこれまでのことを思い出していた。三回目以降は、ふたりは約束をして各地の店へ行くようになった。格段に距離は近づいたのだ。

ただその頃はまだあくまでも友人同士という態度を崩さないようにしていた。目的を確実に達成するために、用心に用心を重ねていた。

そう、彼女を確実に手に入れるために……。

グランドスタッフの中に可愛い子がいるという話が、若いパイロットの間で出始めたのは、可奈子がＮＡＮＡ・ＳＫＹに入社してすぐだった。

勤務中は、機体を安全に運航することしか頭にないパイロットとて、勤務が終わればただの男。毎年梅雨の季節になると必ず、今年の新入社員の誰それが可愛い……という話題が出る。でもそれがＣＡではなく、グランドスタッフだというのは少し珍しいことだった。

グランドスタッフの伊東可奈子は、空港内をくるくるとよく動き、働く姿もさることながら、パイロットたちにかけられる『いってらっしゃいませ』という時の笑顔が飛び抜けて可愛いという。

乗務する便の搭乗手続きが彼女の担当だとラッキーだと言う者まででる始末だった。

そんな彼女は、『空港スタッフの制服姿ではなく、私服姿の方がもっと可愛い』と言い出したのは誰だったか。

可奈子が頻繁に日本各地で目撃されるようになったのである。聞くと、自社の福利厚生制度を使い食べ歩きをしているようだという。ならばその機会を利用してなんとかして食事に誘いたいと若い副操縦士が冗談混じりに話すのを、総司は苦々しい思いで聞いていた。

どんなに優秀なパイロットでも彼女に近づくのは許せない。

なぜなら、彼女は総司にとって……。

だが幸いにして、可奈子は誰からの誘いにも応じないようだった。

彼氏がいるのか、はたまた男嫌いなのだろうかと、様々な憶測が飛び交うなか、彼女が同僚に話していたという内容から、真相らしき事実が判明する。

『どうやら伊東さんはパイロット嫌いらしい』

パイロットが参加するような懇親会には来ないのに、本社社員との合コンにはむしろ積極的に参加しているという。

これには総司も愕然とした。

いったいなにが、あの彼女をそんな風にしたのだろう。

総司が知らない間に、なにがあったのだろう。

そしてその話を聞いた時から総司の胸に焦りが生まれたのだ。

彼女が入社してからしばらくは、仕事を覚えるのが先だと見守ってやりたかった。

職種は違えど総司とて同じ業界にいるのだ。グランドスタッフの仕事内容が多岐に渡り激務であることくらいは知っている。彼女にとって大事な時期を、ほかのことで煩わせたくはなかった。

だがぐずぐずしていたらその辺の男にかっさらわれてしまう。合コンに参加していたというならば、恋人はいなくとも、男嫌いではないのだから。

そして総司は計画を練った。

パイロット嫌いの可奈子と、パイロットである自分が結婚するための計画を。

はじめて可奈子に声をかけたあの日、総司は可奈子が食べ歩きのために福岡にいるのを知っていて、偶然を装い話しかけたのだ。果たして、彼女の反応は予想通り。警戒し、少し迷惑そうですらあった。

かわいそうに。

よほど他のパイロットたちにしつこく誘われたのだろうと、総司の胸は後輩パイロットたちへの苦々しい思いでいっぱいになった。

一方で総司の方は、慎重に可奈子の警戒心を解いていった。食べ歩きに凝っているという彼女が喜びそうな店の話題を出して。すっかり総司に心を許して世界中のグルメの話を夢中で聞きたがるようになった可奈子に、総司は安堵した。

やはり彼女は変わっていない。

できることなら、すぐにでも距離を縮めて自分のものにしたいくらいだった。だが焦りは禁物と、総司は自分に言い聞かせ、紳士的に慎重にことを進めて、ようやく結婚できたのだ。

それなのに。

ここへきて予想外の難題が総司に降りかかっている。総司を悩ませている相手からの接触は日を追うごとに頻繁になっている。このままの状態を長く続けるわけにはいかなかった。だが正直いってどうすべきかまだ答えを見つけられていない。

悶々としながら目的の海鮮居酒屋に着くと、総司は店員に断ってから店内を見回す。さっき【店の中で待っている】というメッセージが携帯に届いたから、相手はどこかにいるはずだ。

果たして、店の一番奥のテーブル席にいた人物が総司に気付いて立ち上がり手を上げた。意気揚々として嬉しそうである。

こんなところを可奈子に見られたりしたら……総司の胸がキリリと痛んだ。

＊　＊　＊

ガチャリとドアが開く音が玄関の方から聞こえてきて、可奈子の胸がどきりとする。

午後十時を回った自宅である。総司が大阪ステイから帰ってきたのだろう。彼は今夜、夕食はいらないと言っていたから、可奈子はひとりで食事を済ませ、今はリビングにいる。一応テレビをつけてはいるが、内容はまったく頭に入ってこない。昨日ロッカールームで由良と話した会話の内容が頭から離れなくて、正直言ってなにも手につかない状態だった。

CAたちの話が、頭の中をぐるぐると回り続けていた。

考えれば考えるほど、彼女たちの話の方が自然に思えてしまう。まったく共通点のないふたりが同じ趣味で、すんなり連絡先を交換した。そして恋に落ちて結婚した。

思い返してみれば、随分と出来すぎている話だ。すべてはあのCAたちの言う通り彼は誰か適当な結婚相手を探していて、たまたま可奈子に目星をつけて近づいた。そう言われた方が自然に感じるくらいだった。

食べ歩き友達になった後、彼は可奈子にたびたびフライト先から、土産を買って来てくれた。可奈子が好きな甘いお菓子や佃煮などのお惣菜、それからご当地キャラクター。

同僚たちの目を盗んでこっそり渡してくれるそれらの品を、可奈子は喜んで受け取った。すごく嬉しかったのに。ひょっとしたらそれも彼の作戦のうちで、そうやって知らないうちに懐柔されていたのだろうか。

「ただいま、可奈子」

呼びかけられて振り向くと、総司が紙袋を手に立っている。

「おかえりなさい」

胸の中にある疑惑を悟られないように、可奈子は素知らぬフリで答えた。

まとまらない考えの中、頭にある疑問をぶつける勇気はまったくないから、せめて普段通りにしていなくては。

「はい、お土産」

差し出された紙袋は、今大阪で大人気の老舗洋菓子店のロールケーキ『オオサカロール』だ。今まで店舗に行かなくては買えなかったが、空港で買えるようになったのだろう。

空港に並ぶ土産物のラインナップは定期的に変わる。彼は新しい物を見かけると、こうやって可奈子のために買ってかえってくれるのだ。

土産が嬉しいというよりは、彼の気持ちが嬉しくて、可奈子はいつも飛び上がって喜ぶ。でも今はそういう気持ちにはなれなかった。

代わりに胸の奥底に閉じ込めた古い思い出が蘇る。父がまだ家にいた時の記憶だった。地方でのステイの後、帰宅した父もよくこうやって土産を買ってきてくれたのだ。もちろん可奈子はそれを喜んで受け取った。温かい父との思い出。でも後になって母親が溢していた言葉を聞いてからはすべてが苦い記憶となって可奈子を苦しめたのだ。

『あれは、罪滅ぼしだったのね』

ステイ先で女性と会っていたという罪悪感を消すために、父は土産を買って帰ってきていたのだ。

「可奈子？　どうかした？」

なかなか受け取らない可奈子に、総司が不思議そうにしている。

過去を思い出していた可奈子はハッとして、慌てて紙袋を受け取った。

「あ、ありがとうございます。オオサカロール、ついに空港で買えるようになったんですね。嬉しい、今、お茶淹れますね」

そう言って、くるりと彼に背を向けてキッチンへ向かう。

彼は大阪で誰かと会ったのだろうか？

……それは可奈子には言えないような相手？

だからこうやって可奈子が食べてみたいと言っていたオオサカロールを買ってきた？

そんな風に考えて可奈子は泣きそうになってしまう。彼はそんな人ではないという思いが頭の中で浮かんでは消える。

彼は決して人を騙すような人ではないはずと自分自身に言い聞かせながら、一生懸命に普段通りに振る舞おうとする。

「もしかして総司さん、コーヒーがよかったですか？」

わざと明るく言って彼を振り返る。すると彼は今まで可奈子が見たこともないくらい深刻な表情で携帯の画面を見つめていた。

「……総司さん？」

恐る恐る声をかけるとハッとしたように顔を上げる。そしてどこかわざとらしいくらいににっこりとした。

「いや、お茶でいい。……ちょっと、電話をしてくるよ」

そう言ってリビングを出ていった。

パタンと閉まるドアを見つめて、可奈子はしばらく動けない。お湯が沸いたことを示すケトルのボタンがパチンと鳴った。

その日の深夜一時過ぎ、可奈子はひとりリビングのソファに座り考え込んでいた。寝室では総司が深い眠りについている。彼が寝息を立て始めてから約一時間。起こさないようにそっと出てきたから気付かれることはないはずだ。

目を閉じて、深呼吸をひとつすると可奈子は立ち上がり、総司の私物が置いてある玄関わきの個室のドアを音を立てないようにそっと開けた。彼が愛用している黒い革の鞄の前に立つ。頭の中を支配するのは、彼に対する罪悪感と、とてつもなく大きな恐怖だった。

人の手帳を勝手に見るなど許されることではない。でもこのままでは何事もなかったような顔をして、夫婦でいられる自信がなかった。彼が大阪でSと会ったのかということは今さら確認しようがない。まさか携帯を勝手に見ることはできないし、ましてや直接聞くわけにいかないからだ。

前回手帳を見たときは気が動転してその部分しか確認できなかった。だから今日は思い切ってほかのページを確認してみようと思う。

もしSに関する記述が今回の一回だけだとしたら無理やりにでもこのことは頭の隅に追いやって、また元通り仲のいい新婚夫婦に戻ることにしよう。そもそもSが女性だとは限らないのだし、もしそうだとしても一度だけなら……。

――だから、総司さんごめんなさい。

可奈子はこくりと喉を鳴らして、震える手で鞄を開ける。果たして、件の手帳はそこにあった。

ドキンドキンと嫌な音で心臓が鳴るのを聞きながらそれを手に取り、恐る恐るページを開き過去の予定を確認する。待ち合わせのためと思えるような数字や場所の記述はあるものの、Sという名前自体はどこにも見あたらなかった。

そのことにとりあえずはホッとして、可奈子は息を吐く。今回だけならもう忘れてしまおう。でもそこで少し考えてから未来の日付のページをたどり息を呑んだ。

【九時、Sと】

日付は次の総司の仙台《せんだい》ステイの日だ。

可奈子の頭がスッと冷える。大阪からまだそう日が経っていないのにもう次の約束が入っている。おそらくは昨日Sと直接会ったときに次の予定を決めたのだ。大阪で会って、また仙台で会う。ただの友人同士の距離の近さではないような気がした。

震える手で可奈子は手帳を元に戻す。

Sと総司は、いったいどういう関係なのだろう?

疑念が確信に変わる時

総司の手帳を可奈子が確認してから一カ月過ぎた。その間に可奈子の頭の中は彼は本当に自分を愛しているのだろうかという疑念でいっぱいになっていった。もちろんひとりで考えたところで、答えなど出ないとわかっている。真実は総司しか知らないのだから。

それでも、無駄だとわかってはいても、考えないようにすることなどできるはずがない。

勤務中に耳にする彼に関する噂話や評判が今まで以上に気になった。自分たちさえ幸せならば、他の人からどう見えてもいいと考えていたはずなのに、そんな考えは綺麗さっぱり消え失せてしまったようだ。

ここ最近の彼の行動にますます可奈子は不信感を募らせていた。

家では彼の携帯にメッセージや電話が頻繁にくる。そして彼はいつも深刻な表情でそれに対応している。しかも電話に出る時はひとりになれる部屋へいくのだから、なおさら不自然だった。わざわざ別の部屋で話さなくてはならない相手とは誰だろう。

地方ステイがある度に可奈子の胸は締め付けられた。

もちろん彼がそこで誰かと会っているとは限らないけれど……。

きっと母も地方ステイの父を待つ間同じような気持ちだったのだろう。母の悲しみを知っているからこそ絶対にパイロットには恋をしないとあれほど心に決めていたのに……。

「可奈子……大丈夫？　なんか最近元気ないよ」

空港食堂にて、ぼんやりと日替わり定食を食べている可奈子に声がかかる。可奈子は箸を置いて微笑んだ。

「大丈夫、ちょっと午前中ハードだったからさ」

ごまかすようにそう言うが彼女はそれで納得しなかった。可奈子を心配そうに見ている。

「……結婚のこと、いろいろ言われるのが気になるんでしょう？　あんまりひどいようなら如月さんに相談してみたら？」

さすがは一番仲のいい同期だ。的確に可奈子の心配事を言いあてる。ロッカールームでのＣＡのやり取りを一緒に聞いていたのだからあたりまえかもしれないが。

でも問題の本質はそこではないと可奈子は思う。ふたりの結婚が発表されてから今までだって散々いろいろ言われてきた。総司からもなにかあるならすぐに言うようにと言われたけれど、それに可奈子はいつも大丈夫と答えていた。本当にそうだったからだ。

彼を信じていれば、なにを言われようと気にならない。彼との信頼関係がしっかりとしていれば。でも彼の行動に不審を感じている今、それが出来なくなっている。

「……そうだね。ちょっと考えてみる」

可奈子は由良を安心させるようにそう言った。由良はしばらく釈然としない表情だったが、突然思い付いたように声をあげた。

「そうだ可奈子、今日一緒にご飯行かない？　気晴らしにさ。たしか、あんた明日から連休でしょ？　飲もうよ！」

結婚前から最近までずっとバタバタしていたから、由良と一緒にご飯に行く機会は随分なかった。家にひとりでいてもあれこれとよくないことが頭に浮かんで眠れない夜を過ごすことは目に見えているのだから、そうした方がよさそうだと思い可奈子は頷いた。

「いい気にならないで」

終業後、由良と食事に行く前に空港の女子トイレに立ち寄った可奈子は、突然悪意ある言葉を投げつけられてハッとする。真正面の大きな鏡に自分と並んでメイクを直している美鈴の姿があった。勤務中はきっちりと結い上げているシニヨンを解いて、カフェオレ色のウェーブがかった綺麗な髪をふわりと肩へ流している。勤務が終わって私服に着替え、帰るところのようだ。入念に身支度をしているということは彼女も真っ直ぐ家に帰らずにどこかへ行く予定なのだろう。

整った綺麗な顔立ち、一ミリの隙もないメイク、平然とした表情からはとても今毒を吐いたようには思えない。でもトイレにいるのは美鈴と可奈子ふたりだけなのだから、さっきの言葉が彼女によるものであるのは間違いなかった。

「ただの棚ぼたなのに、浮かれているのが見え見えでみっともない」

もう一度口を開いた彼女は、今度は鏡越しにはっきりとこちらを睨んでいる。総司との結婚について言っているのは間違いなかった。以前ロッカールームで耳にした前田の説はどうやらCAたちの間で広まっているようだ。

可奈子は唇を噛み、黙ってハンカチで手を拭いた。彼女とまともにやり合うつもりはまったくないし、なによりも今の不安定な気持ちを抱えたまま、誰かと総司との結婚について話をするのは避けたかった。

逃げるが勝ちだ。

無視をしてさっさとこの場を去ってしまおうと、可奈子は入口へ向かう。

でもそれを美鈴は許してくれなかった。ドアに手をかけた可奈子の背中に、また矢を放つ。

「なにも知らないくせに。如月さんは仕方なくあなたと結婚したのよ」

その言葉に、可奈子は立ち止まり振り返る。

美鈴が憎々しげに可奈子を見据えていた。

〝仕方なく結婚した〟

鋭い言葉が可奈子の胸を突き刺した。

それは違うと言い返すことができない可奈子を美鈴が嘲笑う。

「なにもわからないって顔ね。おかしい！　かわいそうな人！　いい？　如月さんはCAとは付き合うなって上司の前田さんから厳命されていたの。前田さんは機長昇格試験の指導員なんだもの、逆らえなかったのよ。わかる？」

嬉々として話し続ける。

「とはいえ、機長昇格試験は厳しいもの。結婚して腰を落ち着けろとも言われていたみたいよ。だから手近な相手と結婚したってわけ。機長試験の前はあなたもいろいろしてあげたんでしょう？　料理とか掃除とか」

吐き捨てるように彼女は言う。

可奈子の胸がズキンと鳴った。確かに、普段の家事は分担しているが、試験の前は彼の負担を考えて可奈子が多めに負担した。もちろんそれは彼に言われたからではない。可奈子自身がそうしたいと思ったからだ。そのはずなのだが……。

美鈴がふふふと笑い声を漏らした。

「あなたいつか捨てられるわよ。如月さん、もう機長に昇格したんだもの。あなたなんか用済みよ」

その言葉にはさすがに可奈子もムッとして眉を寄せる。自分が捨てられるという部分にではない。彼はそんな人ではないと思ったからだ。

たとえ可奈子との結婚の動機が、今彼女が言った通りだとしても、試験が終わったからといって捨てるだなんて。

美鈴が可奈子の様子に気が付いて、眉を上げた。

「なに、その顔。あなたもしかして私がなんの根拠もなく言ってると思ってる？　もちろんあるわよ。如月さんがあなたを愛していないって証拠」

「……証拠……？」

可奈子は掠れた声で聞き返す。思ってもみなかった展開だ。CAたちの話などただの憶測にすぎないと思っていた。証拠や根拠があるという美鈴の言葉は衝撃だ。

「如月さん、女性と会ってるわよ。ステイの時に」

心底愉快そうに言う美鈴の言葉に可奈子は目を見開いた。以前ロッカールームで聞いた〝ステイの時の……〟という噂と繋がったような気がしたからだ。

「もちろん、証人もいるわよ。よく如月さんとペアを組む副操縦士の小林さんが言ってたの。最近ステイの時の夕食は誘ってもたいてい断られるって。人と会う約束があるからって。今までそんなことなかったのに。あなた如月さんからなにか聞いてる？」

その質問に答えられるはずもなく可奈子は黙り込む。美鈴が弾かれたように笑い出した。

「やっぱり！　ふふふ、おかしい。あなたたちグランドスタッフは知らないだろうけど、こういうことってよくあるのよ。機長昇格後のパイロットは、妻に内緒でステイ先でハメを外すの。厳しい試験を乗り越えたんだもの、解放的な気分になるのは納得でしょ？」

そう言って美鈴は意味深な目で可奈子を見る。まるで自分にも経験があるような口ぶりだ。

唇を噛みうつむくことしかできなかった。ここのところ家ではしきりに携帯を気にしている彼の不審な行動と、今美鈴から聞いた話がパズルのピースのようにピタリとハマり胸が痛かった。

美鈴がカツカツと靴音を鳴らして可奈子に歩み寄り、押し退けるようにしてドアを開けた。

「ふふ、私にお誘いがあるのも時間の問題かしら？　ま、あなたはせいぜい彼のために家で雑巾掛けでもしてなさい」

捨て台詞を吐いていくのを、可奈子は微動だにできずに見送る。

バタンと閉まるドアの音がどこか遠くに聞こえた。

由良とは昼間はカフェ、夜はバーになるグランドメニューが充実していると評判の新しい店に行くことにした。

夜の風が街路樹をサワサワと鳴らす心地のいいオープンスペースに座りふたりは向かい合ってイタリアンを楽しんだ。気分転換にと言った通り由良は総司とは関係のない話に終始していた。可奈子もそれに応えて意識して総司のことを頭から追い出した。

「お、由良じゃん」

明日は休みだとはいえそろそろ帰ろうか、という頃になってふたりは通りから声をかけられる。NANA・SKYの本社に勤務する由良の彼氏だった。友人と思しき何人かの男性といる。彼らもどこかで飲んできたようだ。

「由良も飲んでたんだ」

「うん、まぁそう」

由良が一瞬気まずそうに可奈子を見る。恋愛関係の話題は意識して避けてきたのに、自分の彼氏と鉢合わせしてしまったからだろう。

「由良、ちょうどよかったじゃん。もうお開きにして送ってもらえば？」

可奈子はわざと明るく言う。抱えている問題はまったく解決していないが、少なくとも一緒にいた時間はそれを忘れることができた。

「ありがとう、由良。楽しかったよ。また来ようね」

心から感謝しながらそう言うと、彼女は少し安心したように頷いた。そしてふたりは会計を済ませて、その場で解散をする。由良たちとは違う路線の駅へ向かおうと、可奈子が歩き出した時、声をかけられた。

「伊東さん」

振り返ると、見覚えのある男性が立っている。

「小林さん」

副操縦士の小林だった。さっきは気が付かなかったが由良の彼氏と一緒に飲んでいたメンバーの中にいたようだ。そういえば彼らは同期だったということを思い出しながら可奈子は胸がドキドキとするのを感じていた。由良と一緒にいるときは無理やり頭の片隅に追いやっていた美鈴との会話が一瞬で蘇った。

「地下鉄までだよね。俺もだから一緒に行こう」

気楽な感じで言われて、可奈子は一瞬逡巡する。でも断る理由も思い付かなくて頷いた。

「久しぶりだね、こうやって話をするの」

可奈子の隣を歩きながら、小林が爽やかに微笑んだ。

「……そうですね」

たくさんいるグランドスタッフとパイロットは普通仕事以外であまり接点はない。でも可奈子は仕事以外で彼と話したことが何度かあった。他でもない、食べ歩きのために地方へ行った際、何度か声をかけられたからだ。

「どう？　新しい生活には慣れた？」

それが結婚のことを指しているのは明白だ。可奈子は少し気まずい気持ちで答えた。

「……はい」

「伊東さんが結婚しちゃって、残念だったけど、相手が如月さんなら納得だ」

屈託なく笑う彼に、可奈子はホッと息を吐いた。

「さっきいた店って新しいんだよね。CAたちが言ってたよ。イタリアンなんでしょ？」

「はい、美味しかったですよ。カクテルがたくさんあって……」

話をしながら、ふたりは駅の方向へ向かう。以前食事に誘われた時はパイロットだというだけで、可奈子は彼を警戒し、なるべく早く話を切り上げようということしか頭になかった。けれどこうして話をしてみると、普通の好青年だった。

改めて自分はパイロットだというだけで相手をまったく見ていなかったのだと思う。

「そうかー、じゃあ今度行ってみようかな。俺酒好きだし」

「ぜひ、そうしてみて下さい。あ、でもステイなんかで本場のイタリアンを食べられる機会も多いでしょうから、それと比べたらどうかはわかりませんけど」

「大丈夫、俺本場の料理よりも日本人用にアレンジされたやつの方が好きなんだ。ちょっと舌がお子ちゃまで」

そう言って肩をすくめる小林に、可奈子はくすりと笑った。

「でもこうやって、飲み歩けるのももうあと少しだけだな。もう少ししたら機長昇格試験の準備が始まるからね」

「大変……ですよね」

〝機長昇格試験〟という言葉に内心で動揺しながら可奈子は言う。

小林が頷いた。

「まぁね、試験前は人が変わったようになるっていうよね。でも小さい頃からの夢だったからさ、そのためにはなにを犠牲にしてもかまわないという覚悟だよ。パイロットは皆そうじゃないかな」

街灯が照らす街路樹を見上げて、小林が言う。

可奈子の胸がドキリとした。

『なにを犠牲にしてもかまわない』

実際そうなのだろうと思ったからだ。たくさんの命を乗せた旅客機を安全に運航するという全責任を負う機長という仕事は、そのくらいの覚悟がなくては務まらない。

それは航空会社に勤める可奈子にはよくわかる。

……機長昇格試験のために、総司もなにかを犠牲にしたのだろうか。

「俺も頑張ってはいるけど、さすがに如月さんみたいに最年少で昇格ってわけにはいかないだろうなぁ」

そう言って、小林は足を止める。地下鉄の入口についたからだ。

「でも、俺如月さんとペアを組むことが多いからさ。そばにいていろいろ学べるのはありがたいよ。じゃ、俺はあっちだから」

自分も地下鉄だと言いながら、本当は違ったようだ。由良と別れて駅までひとりになる可奈子を心配してくれたのだろう。

「ありがとうございます。機長試験頑張って下さい」

ぺこりと頭を下げると、小林が頭をかいた。

「ありがとう。じゃ」

くるりと背を向けて歩道を歩きだす。その背中を、可奈子は思わず呼び止めた。

「あ、あの……！」

無意識だった。

いつもの可奈子ならそんなことはしなかった。でもどうしても今は、総司に関する情報が少しでもほしかった。

意外そうな表情で振り返り瞬きをしながらこちらを見ている小林に、可奈子は言葉を選びながら口を開いた。

「小林さんは総司さんとよくフライトが一緒になられるんですよね」

「……そうだけど」

「あの……」

ごくりと喉を鳴らして、可奈子は一旦口を閉じる。そして思い切って、どうしても確認したいことを口にした。

「総司さんがステイの時のことなんですけど……」

その言葉を口にした瞬間に、小林の表情が一変した。眉を寄せて気まずい表情になる。明らかに可奈子がなにを聞こうとしているのかを知っているような顔だった。

ステイという言葉を出しただけで、この表情……つまり、美鈴が言っていたことは間違いないのだろう。

ステイ先で総司は女性と会っている。それを小林は何度も見ているのだ。

目の前が真っ暗になっていくのを感じながら、可奈子は確認するように言う。

「やっぱり……。総司さん、ステイの時女性と会っているんですね」

気を抜いたら泣きだしてしまいそうだ。

「噂通りだったんだ……」

小林が首を横に振った。

「いや、女性と会ってるとは限らないよ。少なくとも俺は如月さんが女性といるところを見たわけではない」

「でも誰かと会っているんですよね？　小林さんとの食事を断って。何度も」

少し勢い込んで可奈子は言う。

「それは……」

可奈子から、小林が目を逸らした。

彼は言葉を濁したが、可奈子にはそれで十分だった。

少なくとも可奈子が知る限りは彼にステイの度に会うような知り合いはいないはず。

「……もう大丈夫です。小林さん、ありがとうございました」

可奈子は頭を下げて、小林に背を向ける。涙で地下鉄の入口であることを示す青い文字が滲んでいる。

「伊東さん。……本当に、大丈夫？」

「……おつかれさまでした」

可奈子はそれだけを言うと地下鉄の階段を降り始めた。

＊　＊　＊

「お、珍しくホテルで食事か？　如月」

ライトアップされたエッフェル塔が中央に浮かぶどこかクラシックで煌びやかなパリの夜景。雑誌から切り取ったみたいな光景を一望できるホテルの高層階のレストランで、夕食をとっていた総司は声をかけられて顔を上げる。

視線の先に同じ会社の先輩パイロットの前田が立っていた。

ステイの際、パイロットは会社が指定した系列ホテルに泊まる決まりになっている。必然的にそこのレストランで夕食を取る者が多い。まさに今総司はそうしているわけだが、彼が言う通りこれは珍しいことだった。

ホテルで食事をしていると、こうやって同じ会社の人間と会うからである。

もちろん相手が彼のようなパイロットならまったくなんの問題もない。特に後輩に関しては相手が望むかぎり、そういう機会を大切にしたいと思っている。だがそういう時もたいていは外で食事をする。ＣＡに見つかると少々やっかいだからだ。

「既婚者になって、ようやくホテルでもゆっくり食事をとれるようになったってとこか？　ん？」

前田は、からかいながら総司と向かい合わせの席に座りウエイターを呼ぶ。自分の分の料理を注文してからまた総司に向き直った。

「ちょっとは静かになっただろう？　お前の周りも」

「まぁ、そうですね」

総司は素直に頷いた。

とにかく結婚する前はステイの際、ひっきりなしにある女性からの誘いを断るのが大変だった。顔を合わせるのがおっくうでついつい外へ食べに出るうちに、すっかり外食通になってしまったのだ。結果的にはそれが可奈子と親しくなる時に役に立ったのだから結果オーライといえなくもないのだが。

「これで俺もやれやれといったところだ」

前田がもったいぶって言う。

総司は首を傾げた。

「お前ほどの男がどうしていつまでも独身で、どのCAの誘いにも乗らないのかと周りから散々探りを入れられていたのは俺だぞ？　それから解放されるっていう意味だ」

「そんな大げさな」

「いや、大げさなんかじゃない。特にあの子……山崎さんあたりがしつこかったな。いっそのことお前には人には言えないような変態的な趣味があるとかなんとか、適当なデマでも流して静かにさせようかと思ったくらいだ。静観してやったんだから、感謝してくれないと」

彼は冗談混じりに恩着せがましくそう言って、ウエイターが運んできたミネラルウォーターをぐいっと飲んだ。

「ま、なにはともあれ、こうやってステイのお前とゆっくり食事ができるんだから、奥さんに感謝しないとな。だがお前の方が静かになった分、奥さんの方は大変なんじゃないか？　NANA・SKY始まって以来のイケメンパイロットと名高いお前と、いきなり結婚したんだ。普通に考えたらやっかみや嫌味の大合唱だろう。奥さんはなにも言っていないのか？」

その言葉に総司は持っていたフォークを置いた。

「なにかあるなら言うようにと話してはありますが、今のところはなにも」

「言わないから、平気だとは言い切れんからな。気をつけてやらないと」

彼は総司と違ってCAと積極的に交流するタイプの人間だ。すでに既婚者の身でありながら、やや軽いところがある彼のその交流の内容は、総司から見れば感心できない部分もある。だが、その分彼女たちの内情には詳しい。そんな相手からの忠告は無視できない。

考えてみれば、可奈子と話をするようになってから正式に結婚が決まるまで彼女は社内ではふたりのことを秘密にしていた。そうした方がいいと、彼女自身、判断していたからなのだろう。

　確かに彼女自身が大丈夫だと言っているからといって本当にそうとは限らない。最近の可奈子の様子を思い出そうと試みるが、まったくうまくいかなかった。そういえば例の件に気を取られて、彼女とはほとんど会話らしい会話ができていない。

「そうですね、気を付けるようにします」

　感謝して言うと、前田が頷いた。

「可愛い後輩には幸せになってもらいたいからな。ちなみに山崎さんや他のＣＡたちの方はすでに手を打っておいたから」

「……手を打った？」

　意外な言葉に総司は聞き返した。

「私たちの前ではニコニコしているが、彼女たちは相当きつい。山崎さんなんかは俺にお前と一緒に食事をする機会を作れと相当しつこく食い下がっていたからな。お前が結婚するとわかった時、奥さんとお前との仲を取り持ったのかと詰め寄られたんだ。なにもしてないと答えても全然納得できないようだったな」

　その言葉を聞いて、総司は急に申し訳ない気持ちになる。前田には入社してからずっと世話になっている。機長昇格試験の指導員でもあった。はたから見ても社内では一番親しくしているとわかるのだろう。今の話が本当なら、さっき総司が大げさだと切り捨てたのは間違いで、彼には相当迷惑をかけていたようだ。

だが明るくて豪胆な彼はもはやそこにこだわってはいないようで、意気揚々として話の続きを口にする。

「先月だったかな、CAたちと飲む機会があってな。もう正式に結婚したというのにまだぐちぐち言ってたから、放っておいたら嫌がらせをしかねんと思ったんだ。だから お前が奥さんと結婚したのは、俺がそうしろと言ったからだと言っておいた」

「前田さんが?」

「そうだ。お前はCAにモテすぎる。お前が我が社のCAの中から相手を選んだら、妬みや嫉みでチームワークがバラバラになって安全なフライトにも影響が出るだろう。だからお前はCAとは付き合うなと俺から厳命してあった、ということにしておいた。実際そう言ってただろう?」

「まあ……そうですね」

飲みの席で冗談混じりによく言われていた。総司の方はそもそもCAと付き合う気などなかったから、聞き流していたのだが。

「だから如月はCAではなくグランドスタッフと結婚したんだろう、我が社のCAは美人揃いだからさぞかし残念だっただろうが、先輩命令には逆らえんからな、と言っておいた」

よくもそんな口から出まかせを、という総司の思いは顔に出ているのだろう、相手は、はははと声をあげた。

「そう不満そうにするなよ！　お前の奥さんが可愛いのは承知済みだ。だがな、如月。人間というのは常にマウントを取り合う生き物なんだ。プライドの高いCAたちは特にだ。お前の結婚に対する気持ちは、お前を好きだから悲しいというのはもちろんだが、奥さんに負けたような気がして悔しいという部分もあるはずだ。だから仕方なく奥さんを選んだことにして、本当は君の方が上なんだと言っておけば、少しは溜飲を下げるだろう。奥さんに対する風あたりは弱くなる」

くだらない、のひと言だ。

仕方なく可奈子と結婚したなどありもしない話だ。だがそれで丸く収まるというのならそう思わせておいてもいいだろうか。どちらにせよ、もう言ってしまったものは取り消せない。

総司の本当の気持ちは可奈子だけが知っていればいい。ふたりが強い絆で結ばれていればなんの問題もないのだから。

「とにかく、お前は奥さんのケアに専念しろ。妻というのはこれまた恐ろしく、繊細な生き物だからな。なにがきっかけで怒りだすかわからん。気を抜くなよ」

前田は心底やっかいだというように顔をしかめる。頭の中に自身の妻を思い浮かべているに違いない彼に総司は苦笑するが、すぐに真面目に頷いた。

「わかりました。ありがとうございます」

帰ったらさっそく、可奈子と話をしなくては。

＊　＊　＊

小林と話をした次の日の夜に、総司はパリから帰ってきた。胸の痛みをなんとか抑えて、可奈子は彼を笑顔で出迎えた。

「おかえりなさい」

「ただいま、可奈子」

襟元をくつろげながら微笑む彼は、とても可奈子を騙しているようには思えない。

可奈子が恋に落ちたそのままの彼だ。

話を聞いてから一日経っても可奈子はまだ混乱の中にいる。彼に裏切られていたのだという事実を受け止めきれていなかった。

彼は自分を裏切っている、だとしたら自分はいったいこれからどうすればいいのだろう。

悲しくて、つらくて。

そしてなによりもそれでも彼を愛しているという想いに可奈子は苦しめられている。結局彼も父と同じいい加減なパイロットなのだ、この結婚は失敗だったといくら自分に言い聞かせてもその先の結論が出てこない。もちろんこんな状態で彼に疑惑をぶつけられるはずがなかった。

今の可奈子にできることといえば、精一杯素知らぬフリをするくらいだ。

「お風呂沸いてるよ」

総司の顔を見られなくて、目を逸らして可奈子は言う。

真正面から彼を見つめて大好きな少し茶色い瞳の中に、偽りの色を見てしまったら、泣き出してしまいそうだ。同じ空間にいるのもつらいくらいだった。

「あ……なにか食べますか？　私お茶でも淹れますね」

そう言って逃げるようにキッチンへ行きかける。その可奈子を総司が止めた。

「いや、今はなにもいらない。それより可奈子、話があるんだが」

どこか迷うような総司の言葉に、可奈子の胸がどきりと跳ねる。視線を戻すといつになく真剣な彼の眼差しがそこにあった。

「ちょっといい？」

口調は穏やかだけれど、彼の表情から話の内容が楽しいものではないのは明らかだ。

「大事な話なんだ。ソファへ座ってくれる？」

「……はい」

促されてリビングへ向かいながら可奈子の頭が不吉な考えでいっぱいになっていく。

美鈴の言葉が頭に浮かんだ。

『あなたいつか捨てられるわよ。如月さん、もう機長に昇格したんだもの。あなたなんか用済みよ』

でもまさか……こんなに早く？

ドキンドキンと嫌な音で鳴り続ける、自らの鼓動を聞きながら可奈子はソファに腰を下ろす。

総司も隣に座り、しばらく逡巡していたが静かに口を開いた。

「可奈子。もしかして、不安なことがあるんじゃないか？」

「……え？」

どこか不穏な問いかけに、可奈子の口から声が漏れる。

「その……」

総司は一旦口を噤み、ため息をついてから続きの言葉を口にした。

「つまり……俺たちの結婚について」

「っ……！」

息を呑み、ほとんど反射的に可奈子はソファから立ち上がる。血の気が引いていくのが自分でもよくわかった。頭に浮かんだのは昨夜の小林とのやり取りだ。

可奈子が総司について不安を感じていることを小林が彼に言ったのだろうか。

「可奈子、なにか聞いたんだろう？」

立ち尽くす可奈子に、追い討ちをかけるように総司は言う。その訝しむような視線に、まるで可奈子は責められているような気分になる。総司は、ステイの時の彼の行動をコソコソと嗅ぎ回った可奈子のことを、不快に感じているのだろうか。

「わ、私……」

なにか言わなくてはと口を開きかけた時、ある疑問が可奈子の脳裏に浮かんだ。

もしここで彼の裏切りを可奈子が知っていると告げたなら、ふたりの結婚はどうなってしまうのだろう?

そんな話は知らないとシラを切り通すだろうか?

それとも、だからなんだと開き直る?

どちらにせよ、いい結果を生まないことは確かだった。

崖っぷちにいると可奈子は思う。

今ここで、彼の裏切りを可奈子が知っていると認めたら、この結婚生活は一瞬にして崩壊する。今すぐに出て行けと言われてもおかしくはない状況だ。

そんなの嫌だと、頭の中でもうひとりの自分が言う。たとえ裏切られているとしても彼と離れるのは嫌だった。

だって可奈子はこんなにも彼を愛してしまっている。

バカだと自分でも思う。

騙されているのがわかっていて、それでも彼のそばにいたいなんて。愚か以外のなにものでもない。でもだからこそ、彼は自分を結婚相手に選んだのかもしれない。

強い彼の視線から逃れるように可奈子は目を伏せてぶんぶんと首を横に振った。

「な、なんのことか、わからない。私、誰からもなにも言われていないわ」

「可奈子……」

「本当に！　……本当に」

そして一歩後ずさり、どうにかこの場を逃れようと考えた。このままこの話を続けたら、辿り着く先はおそらく別れ話だ。

「わ、私、ちょっと疲れちゃってて。さ、先に寝ますね！」

一方的に早口でそう言って、彼が答える前にそそくさとリビングを出る。薄暗い寝室に逃げ込んでそのままドアにもたれると、目を閉じて長い息を吐いた。手の震えが止まらない。動揺からまったく抜け出せていなかった。

ごまかせたとはとても思えないけれど、今の可奈子にはあれが精一杯だった。

あなたの裏切りに気付いていますと白状して、ふたりの結婚を終わらせる勇気はまだなかった。

可奈子は視線を彷徨わせ、ベッド脇のサイドテーブルに飾られたふたりの写真に目を留めた。

なにもかもが繋がった。

恋人同士になってから、彼はすぐに結婚したがった。可奈子もそれを望んだが、なぜ彼がそんなに結婚を急ぐのか本当は少し不思議だった。つまりは結婚自体が目的だったということだろう。愛してもいない相手と偽物の愛を育む時間は彼には必要なかったのだ。

さっさと結婚生活を始めてしまって、試験勉強に専念することが本当の目的だったのだ。

結婚式を試験の後にしようと提案したのは可奈子だったが、それを彼はすんなりと了承した。無事機長に昇格したら、ゆっくりと準備を始めよう、その方がいいと言っていたけれど、昇格してからまだ一度も彼の口から式の件は出てこない。

彼にとっては結婚式などどうでもよかったのかもしれない。それどころか結婚生活自体が終わりへ向かっているのだとしたら、ふたりが結婚式を挙げる日などもう永遠に来ないのだ。

窓の外のキラキラ輝く夜景がみるみるうちに滲んでいく。

空港へのアクセスが抜群で、広さもセキュリティーも申し分ないこのマンションは総司が元々住んでいたもので、結婚を機に可奈子が引っ越してきた。

彼と一緒にいられるなら、どんな家でもかまわないけれど、空から近いこの景色が可奈子は大好きだったのに。……本当は自分が見ていいものではなかったのだ。

なにもかもが偽りだった彼との結婚生活。

その中で、彼を愛しているという可奈子の気持ちだけが本物だったのだ。それがただ切なくて、頬を伝う涙を可奈子は拭うこともできなかった。

＊　＊　＊

可奈子が出て行ったドアを見つめて、リビングのソファに座ったまま、総司は考え込んでいた。

事態は思っていたよりも深刻なようだ。

なにもないと彼女は言ったが、それが言葉どおりではないことは明白だ。青ざめて、明らかになにかに怯えていた。

かわいそうに、よほどつらい目に遭っているのだろう。

根も葉もない噂話、妬み、嫉み。

航空大学では常にトップの成績で、ＮＡＮＡ・ＳＫＹでは最年少で機長に昇格した総司も、ずっとそのようなものにさらされてきた。

無責任な口を完全に黙らせる有効な手段は、はっきり言ってどこにもない。

だが自分の行動に自信を持ち、信頼できる人間がそばにいれば自然と雑音は聞こえなくなるものだ。

総司はそうやって生きてきた。

とはいえ、可奈子に同じことを求めるのは酷だろう。そもそも彼女は彼女自身のことで攻撃を受けているわけではない。総司と結婚したことで、好奇の目に晒されているのだ。

本音を言えば、さっき彼女が総司からの問いかけになにもないと答えたことに失望していた。可奈子に、ではない。自分にだ。

やはり結婚を急ぎ過ぎたのだろうか。

恋人同士になってから、彼女の気が変わらないうちにと、総司はすぐに結婚の話を進めた。自分でも余裕のないことをしたと思うが、可奈子に対する社内の目を考えると、そうせずにはいられなかったのだ。

本当なら機長に昇格してからにするべきだった。式は昇格してからにしようと言ってくれた彼女の言葉に甘えたのもよくなかったのかもしれない。社員を呼んで大々的に結婚したことを宣言すれば、また風向きが変わったかもしれないのに。

急かすように彼女を手に入れた。それに満足していたが、もう少しゆっくりと愛を育むべきだったのだろうか。

とにかく彼女が苦しんでいることに、もっと早く気付いてやれなかったのが悔やまれた。

他人からの中傷を受けている者はそれを恥だと感じることがある。総司からの問いかけを、さっき可奈子が否定したのもおそらくそのような理由からだろう。

ソファの背にもたれて、総司はこれから自分がすべきことについて考えを巡らせた。

こういう時は無理に聞き出そうとしない方がいい、というのが鉄則だ。無理に問い詰めたりしたら、可奈子はますます頑なになるだろう。彼女が総司に心を開き、自ら助けを求めるのを待つのだ。

……そのためには、いつもどんな時も自分は彼女の味方だと伝え続ける必要がある。

窓の外に視線を送ると、そこにはパリに勝るとも劣らない煌びやかな夜景が輝いている。空が近いこのリビングからの景色を気に入って、総司はこのマンションを買った。それを可奈子と一緒に見られるのが奇跡のように幸せだ。

――絶対にこの結婚を、ふたりの生活を守り抜いてみせる。

そう決意して総司はゆっくり立ち上がった。

偽りの結婚生活

「晴れてよかった」

抜けるような空の下、総司が眩しそうに目を細めて微笑む。

「そうですね」

風になびく少し茶色い彼の髪を見つめながら可奈子は頷いた。

彼がパリから帰ってきた次の日の午後、ふたりは札幌《さっぽろ》の大通《おおどおり》公園《こうえん》にいた。たまたまふたりの休みが重なっているのを利用して、久しぶりに食べ歩きの旅にやってきたのである。

言い出したのは、総司だった。

『結婚してからまだ一度も遠出していないし、どう？』

その提案を可奈子は複雑な気持ちのまま了承した。本当はとてもそんな気分ではなかったけれど、断る理由が見あたらなかったからだ。

本当なら喜ぶべき、夫婦水入らずの一泊旅行を素直に嬉しいと思えないのがつらかった。それどころか、いつ彼が昨夜の話の続きをしようとするかとびくびくしているくらいだった。幸いにしてそのような気配は今のところないけれど……。

「あのソフトクリーム屋、前に来た時も出てたな。食べる？　可奈子」

休憩がてらふたりはベンチに並んで座って、道ゆく人を眺めている。東京よりもどこか清々しい空気の中、はためく黄色いのぼりに目を留めて、総司が可奈子に問いかけた。

「今はいいです。お腹いっぱいで」

実は、ふたりでここへ来るのは二度目だった。

福岡で偶然一緒に食事をした後、何度目かの食べ歩きの旅で来たのである。あの時は、総司のステイに合わせたのではなく、彼も休みだったから、別々の便に乗って現地で待ち合わせてゆっくりと観て回った。

総司がよく行くという店で、海鮮丼を少し早い昼食として食べて、しばらく街を散策していたら、やっぱりラーメンも食べたいねという話になったから、ラーメン屋にも立ち寄った。お腹いっぱいになったはずなのに、公園に来たらソフトクリームも食べたくなってしまって、『どれだけ食べられるんだろう』なんて笑い合いながら、牧場直営の美味しいアイスクリームにかぶりついたのだ。

休日だからだろうか。明るい日差しの下、普段よりもリラックスして見える彼の手放しの笑顔に、可奈子はドキドキが止まらなかった。食べ歩き友達になって、メールのやり取りをするようになっても、ふたりはあくまでも友人同士という距離を保っていた。楽しい時間を過ごしても彼からそれ以上のなにかを感じさせる言葉を言われることはなかった。

でもその時すでに、可奈子の方は確実に彼に惹かれはじめていた。

彼と話をするようになってから知った、それまで感じたことのないたくさんの想い。

彼の隣にいるだけでわくわくと躍るように高鳴る鼓動。

彼の香りを感じるとひとりでに熱くなる頬。

そしてなにより勤務中にパイロットの制服姿の彼を見かけると、やはり遠い人なのだと切なく締め付けられるように痛む心が、可奈子に彼を特別な存在なのだということを認識させたのだ。

彼のことが頭に浮かんで、眠れない夜を何日も過ごしていた。

「あの時もこのベンチに座ったな」

総司が懐かしそうに言う。そして少し意味深な目で可奈子を見つめた。

可奈子の頬が熱くなる。前回ここに座った時の出来事が頭に浮かんだからだ。

総司が、やや大げさにため息をついた。

「あの時は、まだ言うつもりじゃなかったのにな。……なんかハメられたような気分だったよ」

「な、なんですか……！　それ」

前回ここへ来た時に、このベンチでソフトクリームを食べた後、可奈子は彼から付き合おうと言われたのだ。確かに、改まってというよりは、偶発的な感じだった。その直前までふたりはまったく別の話をしていたのだ。

「可奈子が女子力を上げて、彼氏を作らなきゃなんて言うから」

可奈子が食いしん坊だという話をしていたのだ。それがきっかけで総司と話をするようになったとはいえ、北海道《ほっかいどう》では海鮮丼にラーメン、アイスまで食べたことが急に恥ずかしくなってしまって照れ隠しにそういう言葉を口にしたのだ。

『こんなんじゃいつまでも彼氏ができませんよね。ちょっとは女子力上げなきゃって友達にはよく言われてるんですけど』

その言葉を総司が遮った。

『いや、彼氏は作ってほしくない』

しまったというように一旦口を閉じてから、観念したように、真っ直ぐに可奈子を見つめて彼は言った。

『俺が君の彼氏になりたい』

突然の告白に可奈子は心臓が止まるほど驚いた。夢を見ているか、あるいは聞き間違いだろうと思ったけれど、そうではなかったのだ。

『伊東さん、君が好きだ。付き合ってくれ』

もう一度ダメ押しのようにハッキリとそう言われて、ようやく可奈子は現実のことだと受け止められたのだ。

「あの時は焦ったな」

総司が眉を上げてからかうように言う。

「一緒に出かけるようになるまでの仲だったのに、俺はまったく意識されていなかったんだから」

「あれは……。彼氏なんてべつに本気だったわけじゃありません。ちょっと言ってみただけです」

可奈子がそう反論すると、総司が肩をすくめた。

「本気じゃなかったなら尚さらタチが悪いな、可奈子は。俺をめちゃくちゃ焦らせて。本当はもっとちゃんとしたシチュエーションで言うと決めてたのに、何もかも台無しだった」

「ええ？　そ、そんなぁ……」

まるですべて可奈子のせいだと言わんばかりの言葉に、困ってしまって眉を下げると、総司がははは声をあげた。

「でもまぁ、結果的にはあれでよかったんだけど。可奈子にはいい返事をもらえたし」

そう言って自分を見つめる茶色い瞳に可奈子の胸はきゅんと跳ねた。それは一年以上経った今もあの時とまったく変わらない反応だ。あの日可奈子は総司からの申し出に戸惑いつつも自分も彼を好きだと答えたのだ。

ただ、すぐに付き合うという決断はできなかった。父のことがまだ心に引っかかっていたからだ。パイロットである彼と付き合うということは、母と同じ道を歩むことになる。

「……可奈子はパイロットと付き合うことに抵抗があったから、まだあの時は付き合うまではいかなかったけど」

総司が少し真面目な表情になる。

可奈子はこくんと頷いた。

「はい、付き合うのは待ってくださいってお願いしたんでしたよね」

今から考えてもなんて図々しいことをしたんだろうと思う。もし社内の誰かに知られたら何様だと言われるに違いない。あの如月総司の告白を保留にするなんて。でも可奈子にはどうしても時間が必要だったのだ。

彼を好きな気持ちはもう走りだしていたけれど、同時に過去のトラウマによる不安も同じスピードで大きくなりつつあったから。

父が出て行って祖父の言葉を聞いてから、ずっと胸の中で唱えていた恋愛についての約束事。

〝パイロットとは付き合わない〟

まずはそれから自分自身を解き放たなければならなかった。

「可奈子、そのことなんだけど……」

迷いながら言いにくそうに総司が口を開く。自分の手元を見つめて昔を思い出していた可奈子は顔を上げて彼を見た。

「君のお父さんの話だけど……」

「え？」

「……いや、なんでもない」

でもそこで、彼は口を噤み首を横に振る。そして、気を取り直したように笑顔になった。

まるでなにかをごまかすようなその笑顔に、可奈子の胸がコツンと鳴る。

なぜ今彼はこの話を持ち出そうとしたのだろう……。

でもそれを追及することはできなかった。

代わりに可奈子は、別のことを尋ねてみる。

「でも今から考えても不思議です。どうして私だったのかなぁって。……総司さんなら他にいい人いっぱいいるでしょう？　例えばCAの方とか、お話しする機会も多いだろうし……」

と、そこまで言ってから、しまったと思い口を閉じる。知りたいけれど聞かない方がいいような危険性を孕む質問だ。

総司は上司である前田からCAとの付き合いを禁止されていた。だから可奈子を選んだのだろうか？

「いい人なんて、そんなに簡単に見つかるものじゃないだろう」

曖昧にごまかすような彼の言葉がなんだかもどかしく思えて、可奈子は不安な気持ちのまま、その先を口にする。

「でも総司さんと私が話をするようになってからそんなに時間が経っていなかったのに……。総司さんは、どうして私と付き合いたいと思ったんですか？」

すると総司が、一瞬気まずそうに唇を歪める。

「それは……」と言いかけて、言葉に詰まり視線を泳がせた。

でもすぐに、またいつもの笑顔に戻る。そして穏やかな調子で話しはじめた。

「確かに、話をするようになってそれほど経っていなかったけど、可奈子を好きになるには十分な時間だった。可奈子との時間はいつも楽しくてあっというまだったからね。もっと君と一緒にいたいと思ったんだ」

模範解答だと可奈子は思う。

〝話すようになってすぐに恋に落ちた〟

普通なら愛する人に言われたら天にも昇る心地だろう。でもこれは正解ではないと可奈子は冷えた心で思う。真実は、さっき彼が一瞬だけ見せた戸惑いの中にあると確信する。

「さあ、そろそろ行こうか」

やや強引に話を切り上げて、総司が立ち上がった。

「ホテルのチェックインまではまだ時間があるから、もう少し散策してから駅に向かおう」

可奈子は不安な気持ちのまま、差し出された手を取った。

冷たい窓ガラスに手をついて、可奈子は夜の札幌の街を見下ろしている。昼間は晴れ渡っていた空は夕方には雲行きがあやしくなり、今は静かに雨が降っている。

ふたりは早めにホテルへチェックインをした。もともとの計画では夕食も行こうと決めていた店があったのだけれど、可奈子は少し疲れたと言って、ホテル内のレストランで済ませることにしてもらった。とてもじゃないけれど、彼とふたりで楽しく食べ歩きを……という気分にはなれなかったからだ。

そして今、バスルームを先に使った可奈子はシャワーを浴びている彼を待っている。

もし彼が可奈子を結婚相手に選んだ理由が、前田やCAたちの言う通りだったとしたら、彼にとって可奈子は、ずいぶんと簡単な相手だったに違いない。パイロットに対するトラウマがありながらほんの少し優しくされただけで、簡単に恋に落ちたのだから。

彼からの告白の後、可奈子は迷った末に今すぐに告白には答えられないと彼に告げた。気持ちを整理したいから待ってほしいと言う可奈子に、総司は頷いてくれたのだ。

『いつまでも待つよ』

その言葉は誠実なものだったように思うのに……。

ガラスに映る自分を見つめて可奈子が唇を噛んだ時、ガチャリとドアが開く音がして総司がバスルームから出てきた。

「大丈夫？　可奈子。疲れた？」

自分を気遣う優しい言葉に、可奈子は振り向いて微笑んだ。

「はい、大丈夫です。でも夜ごはんはすみませんでした。せっかく北海道まで連れてきてもらったのに」

「気にすることはないよ。観光や食べ歩きが目的だったわけじゃないんだ。久しぶりに、可奈子とゆっくり話をしたかっただけだから」

そう言って彼は、ゆっくりと可奈子の元へやってきて腕の中へ閉じ込めた。総司の香りに包まれて、可奈子の鼓動がドキンと跳ねて頬が熱くなった。彼の嘘と疑惑が確かなものとなりつつあるのに、憎らしいくらいに自分の身体の反応は以前とまったく変わらない。

「俺も久しぶりに一日中可奈子と一緒にいられて、楽しかったよ」

そう言う彼の表情は、可奈子の目に嘘偽りはないように映る。

もしかしたら彼は、たくさんの愛を持てる人なのかもしれない。可奈子以外の女性《ひと》に会いながら、同時に可奈子を心から愛することもできるのだ。

それでもいい?と、可奈子は自分に問いかける。

このままなにも知らないフリをして、彼に愛されている妻でいる。

「可奈子、愛してる」

耳に囁かれるこの言葉が真実かどうかを探ることさえやめてしまえば、彼のそばにいられるのだ。この温もりに、包まれることができるのだ。

……少なくとも彼が家にいる間は。

「総司さん……」

愛おしい人の名を呼ぶと、唇を熱く塞がれる。素早く入り込む熱が可奈子の思考をかき回す。そのままベッドに寝かされて大きな手が可奈子を優しく辿り出す。

「ん……んんっ!」

可奈子は無我夢中で彼に縋り付く。

思い出、疑惑、トラウマ、そして可奈子の中の彼への想い。すべてをかき混ぜて、なにもかもわからなくしてほしい。

「可奈子、愛してる」

耳元で繰り返される愛の言葉。そのたびに、美鈴の言葉が頭に浮かんだ。

『家で雑巾掛けでもしてなさい』

＊　＊　＊

可奈子との北海道への小旅行から数日後の午後、総司は再び新千歳《しんちとせ》空港にいた。

真っ白な機体にえんじ色のラインが入ったNANA・SKYのジェット機を着陸させる総司を迎えたのは、雄大な大地と快晴の空だった。

たくさんの人命を乗せて飛ぶパイロットという職業は、いついかなる時も自らのコンディションを整えられることが絶対だ。前日になにがあろうともひとたび操縦桿を握れば、頭の中を支配するのは安全な運航のみ。パイロットになってから今まであたりまえにしてきたことを、今日も総司は違えることはなかった。

だが地上に足をつけ、パイロット専用の休憩室のソファに座り窓の外を眺めている今、頭に浮かぶのは愛おしい妻である可奈子のことだった。

結婚についてつらい思いをしているであろう彼女の気晴らしになればと思い、趣味である食べ歩きの旅に連れて出たけれど、その効果はあまりなかったように思う。もしかしたら抱えている悩みを打ち明けてくれるかもしれないと密かに期待していたが、残念ながらそうはならなかった。

それどころかずっと心ここにあらずといった様子で、時おり難しい表情でなにか考え込んでいた。

　前回はあんなに喜んでたくさん食べたのに、大好きなソフトクリームもいらないと言って食べなかったくらいなのだ。

　そんなことを思い出しながら、総司は向かいに座る小林に問いかける。

「……君、千歳《ここ》に来たらいつもそれ食べてないか？」

　ソフトクリームにパクつきながら、小林が頷いた。

「はい、必ず。なんか、食べたくなるんですよねー、北海道に来ると。大地を味わわなければって感じがして。如月さんもどうですか、うまいっすよ。二階の売店のやつ」

「いや、……俺はいいよ」

　総司は首を横に振った。

「もちろん、体調のことはしっかり考えていますよ！　腹を壊さないように本当は三つくらいは楽勝のところひとつに抑えています！」

　総司の態度をどう捉えたのか、小林が慌てて言い訳をする。総司はフッと笑みを漏らした。

「いや、そういう意味じゃないんだ。君がしっかりやってくれてるのは知ってるよ」

　いつもやる気に満ちている少し体育会系の彼は、ペアを組んでいて気持ちのいい相手だ。普段の頑張りを労うようにそういうと、彼は安心したようにニカっと笑って、ソフトクリームを食べ切った。

「それにあの売店の子、めちゃくちゃ可愛いんですよ。ついつい立ち寄りたくなっちゃうんですよねー」

「君は、また……」

不純な動機があることをあっけらかんとして口にする彼に、総司はため息をつく。どうやら彼はいつもこうやって空港の隅々にまでアンテナを張り巡らせているようだ。思い返してみれば、今年入社のグランドスタッフに可愛い子がいると、一番はじめに可奈子のことを言い出したのも彼だった。

小林が口を尖らせた。

「なにしろ、僕のイチオシが最近結婚しちゃいましたからね。早く次を探さないと」

そう言って意味深な目でチラリと総司を見る。

総司は咳払いをして目を逸らした。

「やっぱりピカイチだったなー如月さんの奥さん」

彼の意見には完全に同意だが、まさかそれを口にするわけにはいかなくて、総司は適当な言葉を口にする。

「……でも社内には女性は他にもたくさんいるじゃないか」

とにかく可奈子から、話を逸らしたかった。それに小林が反応して呟いた。

「他に……やっぱり」

「……？」

〝やっぱり〟という彼の言葉の意図するところがわからなくて総司が首を傾げると
「いえ、なんでもありません」と彼は取り繕うように言う。でもどこか物言いたげな表情のままだった。

「どうした？」

気まずそうにする彼に、できるだけ無理強いはしないように問いかけると、少し考えてから小林が口を開いた。

「如月さんも、奥さんの他に女性がいるんですか？」

「は……？」

思っていたのとはまったく違う方向からの問いかけに、総司の思考が一瞬停止した。

「女性？」

小林が口を尖らせた。

「最近ステイのたびに誰かと会ってるじゃないですか。ＣＡたちの間で噂になっていますよ」

「ステイの時の……それは本当か？」

眉を寄せて総司は小林に問いかける。ステイの件は確かに身に覚えがある。だが女性とはまったく見当違いの話だった。

小林が頷いた。

「ええ」

そしてやや申し訳なさそうにする。

「僕が如月さんとペアなのに、ひとりで食事をしてたら皆不思議に思うみたいで、聞かれるんですよ。如月さんはどうしたのかって……。『如月さんは約束があるそうなので』と何度か答えたからもしかしたらそれが……」

確かに今までは彼とペアだと大抵食事は一緒だった。彼がひとりでホテルで食事をしていたらそう言われても不思議ではない。

「すみません……」

考え込む総司に、小林が謝った。

「いや、君は悪くないよ。事実を答えただけだろうし……だが、妻の他に女性がいるというのはまったくの誤解だ。ステイの際に会っているのは男だ。誰と言うわけにはいかないが……」

　詳しい事情を話すわけにはいかないから重要な部分のみを否定すると、小林が安心したように表情を緩めた。

「なんだ、安心した。そうですよね、あんなに可愛い奥さんがいるのに、浮気なんてあり得ないですよね。……あ、でもそれならまずいですよ如月さん」

　そう言って彼は深刻な表情になった。

「この間、伊東さんとお話しする機会があったんですが、ステイの際に如月さんが女性と会ってると信じ込んでいるようでした。どこかで噂を聞いたんだと思います」

　その言葉に総司は眉を寄せた。

「……それは、本当か？」

「はい……。ちょっと思い詰めた感じでステイの時の話を聞かれて……すみません、僕うまくごまかせなくて」

　言いにくそうに小林が言う。心底申し訳なさそうに肩を落としている。

「いや、君は悪くない。気にしないように」

　事情を知らない彼を責めるわけにはいかないだろう。だが、まずい状況なのは確かだった。

可奈子がその噂を信じているとしたら、ここ最近の彼女の態度は納得だった。なにか言いたげにしながらずっと不安そうだったのだから。

思い返してみれば、旅行中になぜ自分と結婚したのかと尋ねた時も、いつになく真剣だった。あの質問には少なからず総司は動揺させられて、うまく答えられなかったという自覚がある。彼女も納得できていないようだった。

もともとパイロットに対してトラウマを抱えていた彼女がどう感じているかは想像するに難くない。

「あのー、余計なことかもしれませんが、ステイの時に誰と会っているのか、キチンと説明された方がいいと思います」

遠慮がちな小林からの忠告に、総司は黙ったまま考え込む。確かにそうすれば、総司の浮気疑惑は晴れるだろう。可奈子の気持ちを考えたらすぐにでもそうするべきだ。

だが、この期に及んでも覚悟が決まらない自分が不甲斐なくて情けない。

目を閉じて深いため息をつくと、小林が心配そうに眉を寄せた。

「如月さん？　……すみません、余計なことだったかもしれません」

「いや、そんなことはないよ。おしえてくれてありがとう」

心から感謝してそう言うと、彼は安堵したように息を吐く。

「ちょっと、出てくるよ」

総司は立ち上がり、彼を残して休憩室を出た。夕方のフライトまでになんとかして、頭を冷やさなければと思ったからだ。

たとえなにがあろうともパイロットはいつも冷静でいなくてはならない。私情を機内に持ち込んでは安全なフライトに支障が出かねない。

空港スタッフしか入れない人気のない廊下をショッピングエリア目指して総司は足早に進む。すると声をかけられた。

「如月機長」

CAの山崎美鈴だった。

「どこかへ行かれるんですか？」

資料のようなものを胸に抱いて、小さく首を傾げている。

総司は足を止めた。

「コーヒーショップへ。……なにか？」

「休憩中失礼します。何点か確認したいことがありましたので……」

彼女はやや申し訳なさそうに総司のもとにやってきて、業務上必要ないくつかの質問をする。それに、要領良く答えながら、総司は心の中でため息をついた。

彼女の質問の内容が、本来ならば副操縦士にするべきものだからだ。もちろん、総司に尋ねても支障があるわけではないが、彼女と同じフライトになった際は必ずと言っていいくらいこのようなことがあった。

いつものことだと総司は自分に言い聞かせる。でもどうしても苛立ちを覚えてしまうのは、さっき聞いたばかりの小林からの忠告が尾を引いているのだろう。CAたちの噂話を可奈子が聞いたのだろうという……。

こうやって注目されることには慣れているが、こんなに鬱陶しいと思ったのははじめてだ。だがそれでも仕事に私情を挟むなと、総司は心の中で自分自身に言い聞かせる。そもそも彼女がその噂話に関係しているかどうかはわからない。

「了解しました。ありがとうございます」

頬を染めて微笑む美鈴に頷きかけて、総司はその場で踵を返す。その背中に美鈴の言葉がかけられた。

「あの……！　如月さん！」

総司は足を止めて振り返る。すると彼女は一旦唇を噛んでから、思い切ったように口を開いた。

「私、聞きました。如月さんのご結婚について」

唐突に脈絡のない言葉を口にする彼女に、総司は眉を寄せる。

「結婚について？」

おうむ返しに聞き返すと、彼女は目を潤ませて頷いた。

「そうです。前田機長から」

総司は心の中で舌打ちをした。

パリで聞いた話か。

くだらないこじつけのような戯言だが、まさか彼女は本気にしたのだろうか。

「山崎さん、あの話は……」

「如月さんが……！」

総司の言葉を遮って、やや感情的に美鈴が話し始めた。

「いくらお誘いしてもお受けしてくれなかった理由がようやくわかりました。前田機長に言われていたからなんですね」

「いや、山崎さん、そうじゃないんだ」

暗澹たる思いで総司は口を開いた。やっぱり、彼女は前田の話をすっかり信じ込んでしまっている。

「前田さんの話はタチの悪い冗談だよ。べつに私は前田さんの言葉に従って妻と結婚したわけじゃない。ごく普通に……」

「もちろん如月さんが認められないのは、わかります。本当のことを言ったら前田さんの顔に泥を塗ることになりますものね。でも私を選んでくださらなかったこと、とってもショックで……」

選ばなかったもなにも、そもそも総司は彼女から、直接はなにも言われていない。頻繁にある誘いはその都度丁寧に断っていた。

どうしたものかと考え込む総司を、美鈴は恨めしそうに見た。

「私なら大丈夫だったのに。全女子社員から睨まれても如月さんのそばにいられるなら、耐えられました。もしそれでCAのチームワークが乱れるなら、やめたってよかったんです。それでも……」

「山崎さん」

総司はやや強く、彼女の言葉を遮った。ありもしない話を吹き込まれたことには同情するが、それにしても想像力が逞しすぎる。このまま放っておくわけにはいかなかった。

「もう一度言う。前田さんの話は冗談だ。私と妻は普通の恋愛結婚だ。間違ったことを信じないように」

語気を強めて念を押すと彼女は驚いたように目を開いた。

「でも……」

「わかったね。……おつかれさま」

そう言って、総司は再び彼女に背を向ける。もっと丁寧に説明すべきだとも思ったが、ムカムカとする気持ちを抑え込むのに必死だった。

どこをどう考えたら、総司が可奈子を妥協で選んだなどと思うのだ。

さっさとこの場を立ち去って、早くひとりになりたかった。

だが。

「だったらどうしてステイの時、女性と会っているんですか?」

背中に不快な疑問が投げつけられて、また足を止めて振り返った。

美鈴が悔しそうな表情で総司を睨んでいる。十中八九さっき小林が言っていた件だろうとは思うがまともに相手をする気はない。

「なんのことかわからないな」と切り捨てた。

「とぼけないでください、皆知ってるんですから。如月さんが奥さまに隠れて、ステイのたびに女性と会って……」

「それは誤解だ」

総司は強く彼女の言葉を遮った。

「私はそんなことはしていない。根拠のない話をしないでくれ」

全神経を集中させて怒りを抑えようと試みる。落ち着け、そもそもは自分の蒔いた種なのだと必死に自分に言い聞かせた。そうでないと、目の前の彼女を感情のままに怒鳴りつけてしまいそうだった。

それなのになおも美鈴が食い下がる。

「だったら誰と会ってるんですか？　あんなにしょっちゅうなんてどう考えても不自然じゃありません？」

彼女はいつものにこやかさは消え失せて攻撃的のひと言だ。

それに、総司も応えた。

「君に言う必要はない。そもそも私がなにをしようと君は関係ないじゃないか。口を挟まないでくれ」

普段なら絶対にしない言動だ。だがどうにも抑えられなかった。根も葉もない噂話をまるで本当のことのように広められてはたまらない。

「とにかく、今後一切この話はしないように」

「……でも、誰かと会っているけど浮気じゃないなんて。そんな話、奥様は納得できるかしら？」

不満そうに美鈴が呟いた。その言葉に総司は違和感を覚える。まるで可奈子が総司を疑っているかのような口ぶりだ。

確かに小林の話では可奈子はステイの際の総司の行動を知っているようだ。彼女には親しくしているCAはいないはずだから、どこかで噂を漏れ聞いたのだと思っていたが……。

「まさか君が、妻に言ったのか？」

そうでないと、普段はまったく別々の仕事をしていて、可奈子とは関わりのない彼女からこのような言葉が出るはずがない。

美鈴はそれを否定しなかった。

「私はステイの時の如月さんの行動について、奥さまに真実をお話ししただけです。妻なら知っておくべきだと思ったんだもの。それで私を恨むのは筋違いだわ」

そう言い放ち、もう一度睨む。そして総司が言葉を返すより先に、こちらに背を向けて今来た廊下を去っていく。カツカツという靴音を聞きながら、総司はその場に立ち尽くした。

暗澹たる思いだった。

本当に自分は、迂闊で無能な愚か者だ。

なにがあっても可奈子を幸せにすると心に決めたはずなのに、彼女を不安にしてしまっている。しかもそれはすべて自らの行動によるものなのだ。とにかく早急に手を打たなくてはならない、一刻の猶予も許されない状況だ。

一番いいのは可奈子にすべて話すことだろう。ステイの際に総司が誰と会っていたか、なぜそうしなければならなかったか。そうすれば少なくとも、総司が浮気を……などという疑惑については晴らすことができる。だが……。

遠ざかっていく美鈴の後ろ姿を見つめながら、総司はどうすべきかについて考えを巡らせていた。

＊＊＊

たくさんの空港関係者が休憩時間を過ごしている空港食堂の片隅で、可奈子は由良とランチを取っている。カレーライスを食べながら可奈子はふぅとため息をついた。

勤務中はやることが盛りだくさんだから、プライベートでの心配事を思い出してつらくなることはあまりない。でもこうやってひとたび業務を離れると、どうしても浮かない気分になってしまう。よくない考えが暴れ出してしまうのだった。考えても事態はなにも変わらないというのに。

ふたりの思い出の地である札幌へ行こうと誘われた時、もしかしたらそこで別れ話をされるのかもしれないと恐れたが、結局そういう話にはならなかった。

ステイの件を可奈子が追及しないとわかったからだろうか、彼は可奈子を愛している完璧な夫だった。その姿に、可奈子は何度もときめいては、すぐに偽りの姿なのだろうかと落ち込むことを繰り返した。

とにかく彼と別れる決心がつかないならば、自分にできることはなにもない。なにがあってもなにも知らない幸せな妻を演じ抜かなくてはならないのだろう。

「可奈子、どうしたの？　ため息ばかりついてるよ」

向かいの席に座る由良が心配顔でオムライスのスプーンを置く。

可奈子はハッとして、彼女を見た。

「え？　そ、そう？　……午前中ハードだったからかな。ロンドン便で遅れが出たでしょ？　あれでちょっとトラブッちゃってさ」

慌ててそう言い訳をする。そして話を逸らそうと、彼女の方に話題を向けた。

「そういえば由良、彼との結婚の方は進んでるの？　入籍はもうするんでしょう？

式場は決まった？」

確か由良は半年後には彼と一緒に住み始めると言っていた。しっかり者の彼女だから着々と準備を進めているはずだ。

「それが、まだなのよ」

由良が残念そうに肩を落とした。

「いいなーと思うとこは大体予約がいっぱいで、一年先、二年先ってとこもあるのよ！　せめて半年先くらいでないかなーって探してるんだけど」

「そうなんだ」

可奈子は頷いた。

「可奈子も式はこれからでしょう？　ちゃんとリサーチしてる？」

「え？　ま、まだ特には」

「うかうかしてると全然予約が取れないよ」

「う、うん……」

どきりとしながら可奈子は頷く。動揺しているのを気付かれないように、カレーライスをせっせと食べた。

総司の機長試験が終わってから式を挙げる予定だということは由良も知っているか

ら、こんな風に言われるのは当然だ。でも今の可奈子には結婚式なんて別世界の話のように思えた。

「彼とは休みを合わせていろいろ見に行ってるんだけど、いいと思うところはやっぱり予算が……あ、そうだ」

そう言って由良は、携帯を取り出してなにやら検索しはじめる。そしてある結婚式場のホームページを可奈子に見せた。

「ここめちゃくちゃよかったよ。海の近くにあるんだけど、二、三年前にできたばっかりですっごく綺麗だった。空港からそんなに離れていないんだけど、なんとチャペルから離着陸する飛行機が見えるのよ！　私たちにぴったりだと思わない？　実際、航空関係者のカップル多いみたいよ」

「へぇ……」

飛行機が見えるという言葉に興味をそそられて可奈子は携帯を覗き込む。青い海と空に面した真っ白なチャペルはまるで海外で式を挙げているような気分になれそうだ。

「いいね」

「でしょ？　でもグレードが高くて、予算的に無理だったんだぁ」

由良が肩を落とした。

「そうなんだ」

「うん、でもパンフはもらったからさ、後で可奈子にあげるよ。渡そうと思って持ってきたんだ。旦那が如月さんなら予算的にも大丈夫なんじゃないかと思って。今度行ってみなよ、きっと気に入るから」

由良からの親切に可奈子は曖昧に微笑んだ。

「ありがとう」

由良がため息をついた。

「あーあ、やっぱり同じ社内結婚でもパイロットの旦那だと違うよね。うちの彼は本社勤務だから」

「……ふたりが仲よしだったら式なんてなんだっていいじゃない。私は入社以来ずっと付き合ってる由良たちが羨ましいよ……」

可奈子は呟くように言う。

お世辞でも慰めでもない、本心だった。

豪華な式を挙げられなかったとしても、心から愛し合い信頼し合う夫婦だったらそれでいい。そうなりたいというのが今の可奈子の切なる願いだ。

彼に騙されていると思うと、胸が締め付けられてつらい。こんなことなら出会わなければよかったとすら思う瞬間もあるくらいだ。けれど、だとしたら彼との時間はなかった、彼を愛する気持ちも知らなかったのだと思うと複雑な気分だった。

今から過去に戻り、どちらかの道を自ら選べるとするといったい自分はどちらの道を選ぶのだろう。

カレーを食べ終えて可奈子は小さく息を吐いた。同じようにオムライスを食べ終えて、由良が頬杖をついた。

「可奈子の式も楽しみなんだ、私。同期でさ、同じ時期に結婚式なんてラッキーだね。いろいろと情報交換できるじゃない」

「うん、まぁそうだね……」

浮かない気分で可奈子は頷く。すると由良が眉を寄せた。

「……可奈子まだあのこと気にしてるの？」

「……え？　そ、そんなことないよ」

慌てて首を振るけれど、由良は納得できないようだった。

「大丈夫？　私でよかったら相談に乗るよ」

友人からのありがたい言葉に可奈子の胸が温かくなる。でももちろん相談などできるはずがなかった。彼女が思っているよりも事態はもっと深刻なのだ。

本当のことを話したら、きっとものすごく心配をかけてしまう。これが普段なら可奈子だって相談してみようと思ったかもしれない。でも幸せな結婚を控えた今の彼女に、新婚早々夫が浮気をしているかもしれないなどという不吉な話をしたくなかった。

「如月さんには相談した？」

尋ねられて可奈子は頷いた。

「うん、相談してる。だから大丈夫だよ」

取り繕うようにそう言うと、由良は疑わしそうに可奈子を見る。だったらなぜいつまでもウジウジと悩んでいるのだと思われているのだろう。

可奈子はうつむいて黙り込んだ。そんな可奈子を由良はしばらく見つめていたが、少し考えてから迷うように口を開いた。

「……そもそもさ、可奈子はどうしてパイロットとは結婚したくないって思ってたの？」

可奈子はゆっくりと顔を上げた。

「入社したばかりの頃にさ、コーパイとの飲み会に誘ったことがあったじゃない？あの時可奈子〝私はパイロットの方々とは個人的な知り合いになりたくない〟って言ってて、すごく深刻に見えたから、詳しく聞かない方がいいのかなって思ったんだけど。……なにか理由があるんでしょ？　それと今回のマリッジブルーは関係あるの？」

そういえば、可奈子はパイロットが苦手というのが、ふたりの間の共通の認識としてありながら、〝なぜ苦手なのか〟ということを聞かれたことはなかった。

可奈子の気持ちを考えてくれていたのだ。それをありがたく思いながら可奈子はひと口水を飲む。そして話し始めた。

「……私、父親がパイロットだったの。うちの会社じゃないんだけど。私が高校生の時に父親の浮気が原因で離婚したんだ。パイロットってしょっちゅう地方でステイがあるでしょ？　……その時に。そもそもパイロットって、パイロットっていうだけでモテるじゃない。多少の浮気は仕方がないっていう覚悟がないと、結婚なんてするもんじゃないって母が祖父に言われてるのを聞いちゃって。だったら私は絶対にパイロットとは結婚しないって決めてたの」

「……そうなんだ」

由良が頷いた。

「嫌なこと聞いてごめんね」

「ううん、それはいいの。私、すっごくこだわってて、なんなら恋愛にも臆病になってたんだけど、もう如月さんと結婚したんだから」

〝もう結婚したんだから〟と、可奈子は心の中で自分に言い聞かせる。

パイロットとは結婚したくない、恋人にだってなりたくない、そう思っていたのに、その心に目を瞑り彼と結婚したのは自分なのだ。結局恐れていた通りになったからといって彼を責めることはできないのかもしれない。

手の中の水が入ったグラスを見つめて、可奈子は総司と正式に付き合うことになったあの日のことを思い出していた。

＊＊＊

札幌の告白から数カ月後、横浜《よこはま》で開催されていたクリスマスマーケットに行った時のことである。きっかけは可奈子がテレビで本場ドイツのクリスマスマーケットの様子を観たことだった。

古い街並みに降る雪の中、立ち並ぶ溢れんばかりのオーナメントが飾られた屋台。色とりどりに輝いて道ゆく人々の目を楽しませるキャンドルやスノードーム。ソーセージ、シュネーバルでお腹を満たしてホットワイン片手に語らう人々。

一度でいいか行ってみたいと言う可奈子に、それならばまずは近場で体験してみては、と総司が誘ってくれたのだ。

キラキラと輝く本場ドイツさながらの屋台が立ち並ぶ中をふたりで散策した後、そのままここで夕食を、という話になる。食べ物をいくつか手に入れて、広場の片隅に設けられたフードコートに可奈子と総司は腰を下ろした。

「足りなかったら、おかわりはあるから」

からかうように言いながら、湯気を立てるソーセージを総司が可奈子に差し出す。

「ふふふ、美味しそうだから、いくらでも食べられそう」

受け取って可奈子はさっそくかぶりついた。パキッという小気味いい音とともに口の中で肉汁が弾け飛ぶ。本場ドイツから直輸入したというソーセージは格別だった。

「美味しい!」

可奈子は思わず声をあげる。そしてもうひと口かぶりつこうとして、目の前の彼が食べずにこちらを見つめていることに気が付いて首を傾げた。

「如月さんは食べないんですか?」

「食べるよ。でもその前に、伊東さんが食べている姿を楽しんでるんだ」

「も、もうっ……!　は、早く食べないと冷めますよ」

可奈子は頬を染めた。

札幌でお互いに気持ちを伝え合ったふたりだけれど、まだ正式には付き合っていない。だから一応は友人同士という距離を保っていた。

時間を見つけてふたりで会い、遅くならないうちに帰る。

でも時折こんな風に、友人だけれどただの友人ではない、ふたりの間には特別な感情があるのだということを思い出させられるような瞬間がある。

それが胸にくすぐったい。

おそらく彼は確信犯だ。いつまでも待つ、それまでは友人同士だと約束はしたものの、まったく今まで通りというわけではないと、暗に可奈子に言っている。

優しくて柔らかいやり方で、可奈子に好意を伝えてくれている。

まるで、励まされているようだと可奈子は思う。

〝怖がらないで、勇気を出して〟と心の声が聞こえてくるような気分だった。

可奈子の心はもう彼のものだ。それは動かしようのない事実で、今更引き返すことなどできはしない。

だから、答えはひとつなのだ。

ソーセージを食べ終えてホットワインのカップを手にふたりは雑踏から少し離れる。

「如月さん」

遠目にクリスマスツリーを見つめながら、可奈子は慎重に口を開いた。どんな風に言葉にすれば、うまく想いが伝わるだろう。

決意を込めた呼びかけに、総司が静かな眼差しで応えた。

「ずっと、お返事をお待たせしてすみませんでした」

「謝らなくていい」

即座に答えた彼の言葉に、可奈子は一瞬笑みを浮かべる。

優しい言葉と温かい心。彼ならば可奈子の想いを受け止めてくれるはず。

「すぐにお応えできなかったのは、私の中で解決していない問題が、あったからなんです」

こんなことを伝えてもいいのだろうかと少し不安だった。彼の反応を見るのが怖くて手の中のトナカイ柄のカップに視線を落とす。

可奈子の中のこだわりは可奈子だけの問題だ。本当なら彼に伝える必要はないだろう。でも聞いてもらえたら、可奈子自身、なにかが変わるような気がしていた。

「私の両親は父の女性関係が原因で、私が高校生の頃に離婚しています。それ自体は、別に珍しくない話だとは思うんですけど。……実は父はパイロットだったんです。世界中を飛び回っていてあまり家にはいませんでした。それで……ステイ先で女の人と……」

可奈子はそこまで言って息を吐き、ホットワインをひと口飲む。舌先にピリリと感じるスパイシーな味に、しっかりしろと言われているような感じがした。

「父と母が離婚した時、私、パイロットなんて女性にモテる職業なんだから、浮気ぐらい覚悟しなきゃって、母が周りから言われているのを聞いたんです。母はなにも悪くないのに……。で、私、心に決めたんです。だったら私は絶対にパイロットとは結婚しないって」

この気持ちを、口に出すのははじめてだ。

いつまで経ってもかさぶたにならない心の中についた傷。少し触れられただけですぐに血が出てしまうから、誰にも見せることができなかった。

「君は」

総司が、白い息を吐いた。

「すごく、お父さんが好きだったんだね」

可奈子の心をふんわりと包み込むような穏やかな声音で総司が言う。

その言葉に、突然可奈子の目から熱い涙が溢れ出した。喉の奥が苦しくて、歯を食いしばっても止められない。ぽたりぽたりと落ちる雫をカップを持つ手に感じながら、可奈子は、そうなのだ、と自覚する。

私は父が好きだった。

空の話を、飛行機の素晴らしさを、たくさんおしえてくれた父を可奈子は大好きだったのだ。

母を傷つけて可奈子を置いて出て行った父。許せないと思いながら本心では憎みたくなかった。だから代わりに、パイロットという父と同じ職業に憎しみをぶつけていた。そうすることで、父への思いと自らの悲しい気持ちに折り合いをつけて、自分の心を守っていたのだ。

でももう可奈子は知っている。パイロットたちがどれだけの覚悟を持って空を飛んでいるのかを。たくさんの人命を乗せて飛ぶ職業の、責任の重さと尊さを。

彼らと父は違うのだ。父の犯した過ちは、彼らとまったく関係ない。

「如月さん、私……」

どう言えばいいかわからなかった。身勝手な怒りをまったく関係ない人たちにぶつけていた自分の幼さが恥ずかしい。

パイロットである彼は、こんな自分をどう思っただろう。

――すると。

「愛してるよ」

「……如月さん」

突然かけられた愛の言葉に、目を見開いて顔を上げると、温かい眼差しがそこにあった。

「君を愛してる。……俺を信じてくれ。可奈子」

はじめて名前を呼ばれたことと、少し茶色い綺麗な瞳が真っ直ぐに自分を見つめていることに、可奈子の鼓動は走りだす。彼ならば、信じられるという確信が可奈子の胸に広がった。

「はい、如月さん。よろしくお願いします」

＊　＊　＊

自宅のリビングで、可奈子はソファに座り窓の外をぼんやりと眺めている。センターテーブルには、由良からもらった結婚式場のパンフレット。真っ白なチャペルで幸せそうに見つめ合う新郎新婦の写真が、可奈子の胸を刺した。

あのクリスマスマーケットで彼からの告白に頷いた時、『君を愛してる』という彼の言葉におぼろげながらこのパンフレットのような未来を夢見た。

純白のドレスを身にまとい、愛おしい彼と永遠の愛を誓う。

でももはやそんな日は自分には来ないのだろう。

それどころかもうすでに彼は、可奈子じゃない別の誰かとの幸せな未来を思い描いているのではないだろうか。自分との生活は、本当に愛する人と結婚するためのただの時間稼ぎなのではないだろうか。

可奈子が暗い瞳でパンフレットを見つめた、その時。

「可奈子？」

「きゃっ‼」

突然声をかけられて、可奈子は飛び上がる。振り返ると総司が立っていた。いつのまにか帰ってきていたようだ。

「そ、総司さん……びっくりした」

「どうしたんだ？　電気もつけないで」

「え？　……あ」

その時になって可奈子は、もう日がとっぷりと暮れていることに気が付いた。夕方に帰ってきてパンフレットを出してそのまま考え込んでいるうちに、いつのまにか随分と時間が経っていたようだ。

「ご、ごめんなさい、総司さん。今夕食にします……！」

慌てて立ち上がろうとする。その可奈子を総司が止めた。

「待って、可奈子。話が……」

と、そこでセンターテーブルのパンフレットに視線を移して彼は口を閉じる。そのままそれをジッと見つめている。

可奈子は慌ててパンフレットを手に取った。

「これ……！　私がもらってきたんじゃなくて、由良にもらったんです。この式場チャペルから離着陸する航空機が見られるらしくて、素敵だよねーって言って……」

早口で言い訳をしながらソファに置きっぱなしになっていた通勤用のバッグにしまう。そしてチラリと彼を見て、ズキンと胸に痛みが走った。総司がこれ以上ないくらいに苦々しい表情をしていたからだ。まるで結婚式という言葉を聞くのも煩わしいというかのように。

……やっぱり彼にとっては結婚式などどうでもいいことなのだ。

籍を入れて結婚生活をはじめて、機長に昇格した。おそらくは彼にとっての当初の目的を達成した今、わざわざやる必要があるのかと思っているのだろう。

可奈子の胸に絶望感が広がっていく。こんな思いをしてまでこの結婚生活を続ける意味があるのかと頭の中でもうひとりの自分が言った。

「……もちろん、由良の結婚式の話です。あの子ももうすぐ入籍だから」

暗い気持ちで可奈子は言った。

「そう」

総司がホッと息を吐いた。

「それより可奈子、話があるんだ」

可奈子の隣に座って口を開く総司の言葉を、可奈子は冷たい心で聞いた。

自分たちも結婚式をしようと言っていたはずなのに、そんな言葉で話を終わらせようとする総司に、可奈子は心底落胆する。もしここで俺たちの結婚式も準備を始めようと言ってくれたら、彼の裏切りには目を瞑り幸せな妻を演じることができたかもしれないのに。

……それとももう可奈子には取り繕う価値もないということだろうか。

「なんですか？」

どこか投げやりな気持ちで可奈子は彼に問いかける。いっそ今すぐに別れ話をしてくれたらいいのに。そしたら少なくともこの苦しさからは解放されるのだ。

視線を彷徨わせてしばらく逡巡してから、総司は一旦目を閉じて可奈子を見た。

「可奈子、あのことについてはもう本当に大丈夫なのか？」

「……あのこと？」

「つまり、その……」

歯切れの悪い彼を、可奈子は意外な気持ちで見つめている。迷いながらどこか自信なさげで、なにかに怯えているようにすら思える。こんな彼ははじめてだ。要領を得ない質問もまったくいつもの彼らしくない。

いったいどうしてしまったのだろう。

「総司さん？」

名前を呼び先を促すと、観念したように息を吐いてまた口を開いた。

「可奈子はパイロットを信用できないと言っていただろう？　その……お父さんのことがあったから。今はもうそういう風に思ってはいないのか？」

「え……？」

声を漏らしたきり、可奈子はその質問に答えることが出来なかった。質問の意味はわかる。つまりトラウマは克服できたのかということだろう。

でもなぜ今になって彼がそんな話をするのかについてはまったくわからなかった。

可奈子はうつむいて黙り込んだ。彼との結婚を決めたのは、不安な気持ちがありながらもそうしたいと願ったから、彼を信じようと決めたから。

それなのに、なぜ今になって彼はこの話を蒸し返そうとしているのだろう。

「可奈子？」

「……思っていないです。今は、父がしたこととパイロットという仕事は関係ないと思っています。だから私、総司さんと結婚したんです」

可奈子は声を絞りだす。少し前まで思っていたことをどうにかこうにか言葉にする。

今は真逆の心境だけれど。

気を抜いたら泣きだしてしまいそうだった。

「可奈子」

総司が膝に置いた可奈子の手に自らの手を重ねた。

「なにを聞いても、俺のことを信じてほしいんだ」

どこか不穏な響きを帯びたその言葉と、思い詰めたような彼の眼差しに、可奈子の背中を冷たいものがつたい落ちる。

彼は自らの裏切りを告白しようとしているのではないだろうか。その上で信じてほしいと言っている？

この先は聞いてはいけないと可奈子の中で誰かが言う。それを聞いてしまったらもう自分は確実に立ち上がれなくなる。

トラウマを胸に仕舞い込んだまま、盲目的に愛を求めた。それなのに、結局同じ方法で裏切られていたとしたら……。

可奈子はとっさに重ねられた手を振り解き立ち上がる。驚いて見上げる総司に向かって首を振った。

「いや！　聞きたくない！」

「可奈子……？」

「わ、私、知らないままでいい！」

なぜ今このタイミングで彼が話そうとしているのか、まったくわからない。ただひとつわかるのは、彼の裏切りを彼の口から聞いてしまったら、自分がどうにかなってしまうということだけだった。

たとえ別れるとしても、そんな残酷なことしないでほしかった。

「私……家を出る。それでいいでしょう？」

彼の望みは別れること。だとしたら、可奈子が家を出れば、彼の裏切りを直接聞く必要はないはずだ。

「可奈子……？」

眉間に皺を寄せて怪訝な表情になる総司に、可奈子は言葉に力を込めて語りかけた。

「安心して。総司さんの迷惑になることは、絶対にしないと誓う。誰にもなにも言わない、だから……」

「可奈子、待て違うんだ！」

鋭い声に遮られ、可奈子はびくりと肩を揺らす。そのままそこをガシッと両手で掴まれた。

「話を聞いてくれ、可奈子！」

抱き寄せられそうになる寸前で、力いっぱい彼の胸を押す。

「嫌……！」

そのまま一歩後ずさる。

「可奈子……」

傷付いたような彼の視線がつらかった。まるで心から可奈子を愛しているような精巧な偽りの愛。わかっているのに激しく胸を揺さぶられる。

その愛に、可奈子はくるりと背を向けて、そのまま家を飛び出した。

夜の街を息を切らして駆け抜ける。溢れ出す涙が頬を濡らして冷たかった。とにかく彼から離れたい。どうにもならない現実から、背を向けたかった。

街路樹が整然と並ぶ遊歩道を可奈子は一心不乱に走る。どこへ向かっているのか自分でもわからないけれどとにかくすべてのことから逃げたくて。

でもその時、前方にそびえ立つあるビルが可奈子の目に飛び込んできて、息を呑んで立ち止まった。

そのビルは、可奈子と聡司の想い出の場所だった。

街の夜景が一望できるあのビルの一室で、ふたりははじめての夜を過ごしたのだ。

見かけるたびにあの時の幸せな気持ちがよみがえって、温かい気持ちになれたのに。

今は胸が痛くてとても直視できなかった。青いライトが涙に滲んで夜空に溶ける。

そこからも背を向けて、可奈子はまた走りだした。

総司の秘密

可奈子が総司とはじめての夜を過ごしたのは、クリスマスマーケットから一カ月後。年末年始のハイシーズンを終えてふたりの仕事が少し落ち着いた頃だった。

その日ふたりは、イベントへ行ってみようとか、あの料理を食べようとか、そういう特別な理由もなく予定を合わせて会ったのだ。映画を観て、その後はショッピングを楽しんで、カフェに立ち寄った。ごく一般的なデートだが、可奈子にとってはドラマや本の中でしか知らなかった世界で、本当に彼と恋人同士になったのだと実感した一日だった。

そして夕食は彼が予約しておいてくれた、三つ星ホテルの最上階にあるフレンチレストランだった。

あまりにラグジュアリーな雰囲気に、少し怖気付いた可奈子だが。

「今日は付き合ってからはじめてのデートだからね。それにたまにはイメージ通りのこともしてみようかと思って……黒服もいないし、プールもないけど」

そう言って意味深な目で可奈子を見て、にやりと笑う彼に温かい気持ちになって、緊張の糸は解れた。福岡ではじめて話をした時に、可奈子が総司について口走ってしまったことを思い出させる言葉だからだ。

可奈子にとって大切な思い出であるあの夜のことを、彼がしっかりと覚えていてくれたのが嬉しかった。

「ふふふ、プールはなくても、夜景が最高です」

「期待に応えられたかな？」

「はい」

窓際の席で絶景を眺めながらの食事はこれ以上ないくらい美味しくて、夢のような時間だった。いくら話をしても、どれだけ彼を見ていても少しも飽きることはない。

そしてそんな楽しい時間はあっという間に過ぎ去った。

「そろそろ帰ろうか」

時刻は午後九時を回ったところ。いつもならそろそろお開きという頃になって腕時計をチラリと見た総司が、いつもの言葉を口にする。福岡ではじめて食事をした際も彼はこうして遅くならないうちに切り上げてくれた。

あの時可奈子は、下心など微塵もない紳士的な姿が素敵だと思ったのだ。

でも今は、なんだかとても物足りないような残念な気持ちだった。

このままずっと一緒にいたい。

もっと同じ時間を過ごしたい。

そんな想いが頭を掠めて、彼の言葉にすぐには頷けない。

恋人同士になったのなら、もう少し先を望んでもいいだろうか。

でもそんな気持ちをそのまま口にすることもできなくて、うつむいて黙り込むと、総司がフッと微笑んだ気配がする。

そして、可奈子の欲しい言葉をくれる。

「遅くならないうちに送るよ、と言いたいところだけど、今夜は離れがたいな。……もちろん、君さえよければ、の話だが」

その提案に、膝の上に置いた両手を握りしめて頬が熱くなるのを感じながら、可奈子はこくんと頷いた。

――そして。

眼下に広がる宝石箱をこぼしたような都会の夜景を見下ろして、可奈子は冷たいガラスに手をついている。ダークブルーにライトアップされたこのホテルは、この辺りではひときわグレードが高く目立つ存在だ。毎日可奈子が空港へ向かう際の通勤電車の中からも見えるけれど、実際に訪れたことはなかった。

最上階のレストランで食事をしたというだけで、なんだか少し世界が広がったような気がしたのに、まさか泊まることになるなんて。

もう少し一緒にいたいという可奈子の想いを汲んで、総司がそのまま部屋を取ってくれたのだ。

でも今可奈子の心を支配しているのは、望みが叶ったという嬉しさではなく、これから起こるであろうことに対する不安だった。

あのまま彼と別れて帰ることに寂しさを感じたのは事実だが、いざこうなってみるとどうしていいかがまったくわからない。不安と恐れ、そしてほんの少しの期待。たくさんの感情がいっぺんに押し寄せてどうにかなってしまいそうだ。

だからといって今さら引き返すことなどできないと、可奈子は自分に言いきかせる。大人同士の付き合いなのだ。あの状況で〝もう少し一緒にいよう〟となったらどうなるか、いくら経験のない可奈子でもわかることなのだから。

大丈夫、私にだってできるはず……。

胸の中で唱えながら、可奈子が深呼吸をひとつしたその時、背後のドアがガチャリと音を立ててゆっくり開く。

可奈子の後にバスルームを使っていた総司が出てきたのだろう。可奈子はそれを振り向きもせずに聞いていた。

胸が痛いくらいに速く強く鳴りはじめる。まるで身体全部が心臓になってしまったかのように、ドキンドキンという音が大きくうるさいくらいに耳に響いた。浅い息を繰り返しながら、可奈子は夜景を見つめ続ける。ゆっくりとこちらに近づく彼の気配を感じながら、ぎゅっと目を閉じた時。

「なにかいいものでも見える？」

すぐそばから感じる低い声にびくりと肩を揺らして目を開くと、夜景を映すガラスに両手をついた彼の腕に閉じ込められていた。

「熱心に見てるけど」

「あの……、えーと。家のマンションが見えるかなぁって思って探していたんです。たぶん、あっちの方向なんですけど」

そう言って、可奈子は適当な方角を指差した。本当はそんなこと全然考えていなかったけれど。

「そう。ちなみに俺のマンションはあれだ。わかる？　駅の向こう側のちょっと高いやつ」

「あれですか？　じゃあ、私の家は……」

話をするようになってわかったことだが、母と一緒に住んでいる可奈子のマンションと総司がひとりで住むマンションは、空港までのアクセスに便利な同じ沿線の隣の駅だった。案外近いことに驚いたが、考えてみれば可奈子の家は、もともとはパイロットである父の通勤に便利なように買った家。だから同じ職業である総司のマンションと近くだったとしてもおかしくはない。

「明日は、あそこへ一緒に帰ろう」

耳元で囁かれて、可奈子は吐息を噛み殺す。同時にギュッと抱きしめられて、体温が一気に上昇する。このままここで、一緒に朝を迎えるのだと宣言されて、どう答えればいいかわからない。

一方で明らかに慣れている様子の彼の振る舞いには、一抹の寂しさと不安を感じていた。

このまま一晩を過ごしたら、可奈子があまりにも不慣れなことは簡単にバレてしまうだろう。あきれられたりしないだろうか。

こうなるまで考えたこともなかったが、経験値の違いは男女の付き合いにおいてどのくらい影響するのだろう。

黙り込んだままでいると、くるりとその場で回されて、向かい合わせにされてしまう。少し茶色い綺麗な瞳がすぐ近くで可奈子を見つめている。

「怖い？」

その通りだと答えることはできなかった。ここまできて、いくらなんでも、そんなことを言えるはずがない。

総司が、さっきシャワーを浴びたばかりでまだ少し湿っている可奈子の前髪をかきあげて、額に優しく口づけた。

「怖いなら、なにもしないで朝まで過ごすだけでもいい。あせる必要はないんだから」

優しい彼の言葉に可奈子は慌てて声をあげる。

「だ、大丈夫です……だって、ここまできてそんなこと……」

できるわけがないと言いかける可奈子の言葉を、総司が遮った。

「可奈子」

名を呼ばれて、ハッとして口を噤む。

総司が諭すように可奈子に語りかける。

「俺は君の気持ちを優先したい。君を大切にしたいんだ。大丈夫、本当の気持ちを言ってごらん？」

大きな手が可奈子の頬を優しく包む。

痩せ我慢している風でもなく余裕たっぷりに見える彼の姿に、可奈子は少し考えてから口を開いた。

「不安なんです。私……今まで男の人とお付き合いしたことがなかったので、なにもかもはじめてだから……」

自らの経験のなさをはっきりと口にするのははじめてだ。ここまで赤裸々に言わなくてもいいような気もするけれど、どのみち一晩過ごしたらバレてしまうだろう。

「き、如月さんとはちょっと差がありすぎます。だから、も、物足りないかも……。もしそうだったら、ごめんなさ……」

なおも言いかける可奈子の顎に突然手が添えられる。ぐいっと上を向かせられてそのまま唇を奪われた。

その瞬間、痺れるような熱いものが可奈子のうなじから頭のてっぺんまでを駆け抜ける。戸惑う可奈子の唇が、わずかに開いたその隙に、素早く総司が入り込む。

「んん……！」

可奈子の背中が大きくしなり、くぐもった声が静かな部屋に響いた。唐突に訪れたはじめての衝撃に、狂おしい声が漏れ出るのを止められない。たまらずに膝を折ると、崩れ落ちる寸前で彼の腕に受け止められる。

「ん……あ」

力の入らない手で、一生懸命に彼の腕に縋り付く。それでも、彼は許してはくれなかった。

腰に回された逞しい腕とうなじに差し込まれた大きな手に、甘く縛り付けられたまま中を容赦なく掻き回される。頭の中で白い花火がいくつもいくつも弾け飛んだ。

あまりにも濃厚すぎるはじめてのキスに、可奈子が夢中になるうちに、抱き上げられてベッドの上に寝かされた。

冷たいシーツの感触を背中に感じた時、ようやく彼は可奈子の唇を解放した。

「……ごめん、我慢できなかった」

少し荒い息を吐いて、総司がそう囁いた。その表情からはさっきの余裕は消え失せて、瞳には飢えた獣のような獰猛な色が浮かんでいる。

出会ってからこの瞬間まで、紳士的な態度を崩さなかった彼がはじめて見せる一面に、可奈子の胸が高鳴った。

額と額をくっつけたまま総司は一旦目を閉じる。小さく息を吐いてからゆっくりと開いた。

「可奈子、さっきの話はなしだ。もうなにもなしで君を帰してあげられない。……一生大切にするよ。だから今すぐ俺のものになってくれ」

顎に添えられた彼の親指が唇を辿るたびに、ぞくぞくするような期待感が可奈子の全身を駆け巡る。

「一生……？」

キスの余韻が抜けないままに、可奈子がぼんやりと呟くと、総司が力強く頷いた。

「ああ、俺が可奈子の最初で最後の男になるよ」

至近距離にある真摯な色を浮かべた眼差しが、可奈子の中にわずかに残っていた不安をあっというまに吹き飛ばす。今までずっと可奈子が恋愛から遠ざかっていたのは、今目の前の彼にすべてを捧げるためだったのだとすら感じるから不思議だった。

「はい……お願いします」

目を伏せて小さな声でそう言うと、再び唇を塞がれた。漏れ出る声も甘い吐息も、なにもかもを食べつくすような彼のキスに、可奈子も少しずつ応えはじめる。

「可奈子、愛してる」

愛の言葉に包まれながら、彼のものになったことが、可奈子の心と身体に刻み込まれた。

＊＊＊

脳裏に幸せな思い出が浮かぶのを、振り切るように可奈子は夜の街を走り続けた。

『最初で最後の男になる』『一生大切にする』という言葉が、プロポーズだったと言われたのは次の日の朝だった。

驚き、唖然としたけれど、可奈子はそれを喜んで受けた。一夜を一緒に過ごしたことで自然とそんな気持ちになれたのだ。

そしてその日からすぐ後に、総司は母にあいさつに来てくれた。

父と同じパイロットである総司との結婚を母がどう思うだろうと可奈子は少し心配したが、付き合ってすぐに挨拶に来てくれるという誠実な総司の対応に母は手放しで喜んでくれたのだ。

それからほどなくして結婚式より先に入籍を済ませたが、それは早く結婚したいという総司の気持ちを受けてのことだった。結婚自体は望んでいても展開の早さに少し戸惑う可奈子の背中を押したのは、母の一言だった。

総司が近々機長試験をひかえていると知り、『だったらすぐにでも一緒になって支えてあげないと』と助言してくれたのだ。

『本当に大変な試験なのよ。まあ、可奈子も航空会社の仕事をしているんだからお母さんより知ってるとは思うけど』

パイロットの妻の先輩としての言葉に少し複雑な思いを抱きつつ、母の助言に従ってふたりはすぐに入籍し、可奈子は総司のマンションへ引っ越した。

あの時は本当に幸せだったと、可奈子は思う。

父に対するトラウマを本当に克服できたとはいえなくても、総司を信じようと心に決めて。

悲しい経験に囚われてずっと恋ができなかったのは、彼と出会うためだったのだと心の底から思えたのに……！

息が切れて、胸が張り裂けそうだった。

足がもつれそうになりながら、立ち止まり顔を上げると、いつのまにかあるマンションの前に辿り着いていた。

今の可奈子に行ける場所はここだけだ。

ロビーに入りインターホンの前に立ち、可奈子はしばらく逡巡する。いくらなんでもこの状態のまま、ボタンを押すわけにはいかない。財布も持たず、連絡もせずに突然現れたりしたらきっと心配をかけてしまう。

やっぱり、引き返そうかと思った時。

「可奈子?」

名前を呼ばれて振り返ると、母が立っている。

「お母さん……」

可奈子はホッと息を吐いて、でもすぐに眉を寄せる。彼女のうしろに、ここにいるはずのない人物がいたからだ。

「お、お父さん?」

そう可奈子の父親だった。

「どうしたのいきなり来るなんて、びっくりするじゃない」

実家のマンションのリビングで母が心配そうに言う。隣で父が気まずそうに可奈子を見ていた。

「ちょっと近くまで来たから、寄ってみたんだけど……」

そう言いながら、可奈子はチラリと父を見る。会うのは随分と久しぶりだ。父が家を出て行ってからは可奈子自身は交流を絶っていた。父方の祖父母が相次いで亡くなった時に顔を見たくらいだった。

「とりあえず、座りなさい。お父さんお茶を淹れて」

母に言われていそいそとキッチンへ行く父の後ろ姿を不思議な気持ちで見つめながら、可奈子はダイニングテーブルに腰を下ろした。ふたりの様子はまるで父が家を出る前の頃のようだからだ。

リビングを見回すと、可奈子が結婚したことで減った可奈子の私物の代わりのように、男性用と思しき物があちらこちらに置いてある。父の物とみて間違いないだろう。

向かいに座る母を見ると、困ったように微笑んでいる。その母に可奈子が尋ねるより早く、母が口を開いた。

「お母さんとお父さんね、また一緒に住むことにしたのよ」

「……どうして？」

父に聞こえないように可奈子は声をひそめて聞き返した。

「だってあんなに怒ってたのに」

もっともその怒りは可奈子にとっても納得だった。しかも当時の母と同じ状況に置かれている今、もっとそれがよくわかる。それなのにその裏切られた相手と、また一緒に住むなんて。

母がまた困ったように微笑んだ。

「どうしてかな……。変よね。うまく言えないけど……。でもお母さんそれでもお父さんが好きだから。確かにお父さんのしたことは許せない。それは今も変わらないけど、それも含めてお父さんだものね。一緒にいたいって思ったのよ」

母の言葉に可奈子の胸は締め付けられた。

裏切られたことは許せない。

でも愛しているから一緒にいたい。

この相反するふたつの感情は、今の可奈子にはわかりすぎるほどよくわかる。

もうとっくにお茶の準備はできているはずの父はこちらにはやってこない。可奈子と母の話が終わるのを待っているようだ。

「一年前くらいに、おじいちゃんとおばあちゃんが続けて亡くなったでしょう？　お葬式の後、お父さんガックリきてたから……心配で。それからちょくちょく会うようになっていたんだけど、あなたには言えなかったの」

「そう」

可奈子が小さな声でつぶやくと、父がお盆にお茶を載せてやってくる。そして母の隣に座り申し訳なさそうにうつむいた。

「わかった」

思ってもみなかった展開に、それしか言葉が出てこなかった。

「可奈子、お父さんな……」

「それより可奈子、総司さんにはここにいることを言ってあるの？」

父の言葉を遮って、母が心配そうに言う。その問いかけに答えることができなくて、可奈子はうつむいて黙り込んだ。

「可奈子を悲しませる奴は誰だろうとお父さんが許さないからな」

父が勢い込んで言うが、母にじろりと睨まれて口を閉じた。

「……とにかく、好きなだけここにいていいからね。許せないことがあるなら、無理に許さなくていいの。簡単に許したら男はすぐにつけあがるんだから」

可奈子に向かって優しい言葉をくれる母の隣で、父がゴホンゴホンと咳をした。そしてお茶をずずずと飲んでからまた口を開いた。

「ごほん。父さんはあまり偉そうになにかを言える立場にはないが、それでもいつも可奈子の味方であることには変わりない」

「あなたは黙っててください」

「だがしかし……」

ポンポンと言い合いをするふたりに、可奈子は驚いて目を丸くしてから、思わず笑みを浮かべた。こんなふたりを目にするのは何年ぶりだろう。複雑な思いはあるものの、幸せだった昔の記憶が蘇って温かいものが胸に広がっていくのを感じていた。愛する人といられる幸せな家族の形。今も昔も可奈子が望むのはそれだけだ。

「でもおかしいなぁ」

父が首を捻った。

「総司君は、可奈子を裏切るような男じゃないと思うんだが。俺が知っている中で最も優秀で信用できる人物だ」

「あら、そんなのわからないわ」

母が口を尖らせた。

「優秀な男ほど女が放っておかないものよ。頭脳と人格、モラルと理性、すべてを兼ね備えた男性なんてこの世に存在しないのよ。それは私が一番よくわかっています！」

「ぐっ……。だ、だが、彼に関しては昔から本当に悪い話を聞いたことがない。たいてい学生時代は遊ぶものだが……」

「……昔から？」

不可解な父の発言を、可奈子は眉を寄せて遮った。

「お父さんは、昔から総司さんを知ってるの？」

「知ってるよ。家に来たことだってある。彼は父さんの航空大学の後輩だ。もちろんずっと下だから一緒の時期に在籍していたわけではないが」

「そんな……総司さんはなにも言ってなかった……」

詳細を母が口にする。

「お父さんよく後輩の方々を家に招いていたじゃない? あの中にいらっしゃったそうよ。お母さんも覚えていたわけじゃないんだけどお父さんから聞かされて知ったの」

確かに父は可奈子が小学生の頃から離婚する直前まで、よく航空大学の仲間を家に招いていた。航空大学は仲間の結びつきが固く、就職先が違っても絆は変わらないという。

OBと現役学生の交流も盛んだと言って、何人かの学生を連れてきていたような。

その中に、総司がいたということか。

「総司さんも気が付いていないのかな」

考えながら可奈子は呟く。思い出す限り彼にはまったくそんな素振りはなかった。

「いや、彼は知ってるよ。現にお父さんは総司君から頼まれたからね。可奈子が覚えていないようだから、黙っていてほしいって。後から驚かせたいからとか言ってたけど、まだ言ってなかったのか。忘れてたのかな……」

その言葉に可奈子は眉を寄せる。

「お父さん、最近総司さんに会ったの？」

黙っていてほしいというやり取りがあったということは、少なくとも可奈子と総司が結婚を決めてから彼らが接触していたということだ。

可奈子からの問いかけに父はしまったというような顔になる。

「え？　あ……いや、その……」

あたふたとなにかを言いかけた時、ピンポンと玄関のインターホンが鳴った。三人は顔を見合わせる。

母が立ち上がった。

「とにかく落ち着くのよ。お母さんはあなたの味方だから」

玄関へ行きオートロックを解除する。しばらくして現れた人物はやはり総司だった。

「お騒がせして申し訳ありません」

両親に詫びる総司はおそらく可奈子同様走ってここまで来たのだろう。少し息が上がっていて、髪が乱れていた。

「いや、私たちはかまわないけど……」

父が可奈子をチラリと見る。

総司が可奈子に向かって口を開いた。

「ここにいてくれて安心したよ。可奈子、携帯も持っていかなかったから」

心底安堵した様子の総司に、可奈子の胸は締め付けられる。同時に、この人はどこまで自分を苦しめるのだろうという怒りにも似た気持ちが胸の奥底から湧き出るのを感じていた。こんな風にまるで可奈子のことを愛しているかのように振る舞われたら、別れようと決めたはずの決心が揺らいでしまうではないか。

「可奈子、とにかく話を聞いてくれ。結論を出すのはそれからだ」

なだめるように総司は言う。

だったらすべてのことをはじめから話してほしいと可奈子は思う。偽りの優しさと、嘘で塗り固められた愛。そんなものはもうたくさんだ。

「まずは可奈子が不安に思っていることを話してほしい。そしたら俺は……」

「だったら、本当のことをいってくれる？　聡司さん！」

反射的に可奈子は声をあげて立ち上がる。もうこれ以上、黙ってはいられなかった。ついさっきマンションを飛び出した時とは真逆の感情が可奈子の胸に沸き起こる。

真実はきっと可奈子にとってつらい内容なのだろう。でもこのまま聞かないでいては前には進めない。紆余曲折を経て肩を並べている両親を前に可奈子はそう確信する。

「本当のことを言ってくれるなら、私だって話をする。総司さん、嘘はつかないでね。私全部知ってるんだから！」

最後はほとんど叫ぶように可奈子は彼に訴える。

呆気に取られたように眉を寄せて、総司がそのままフリーズする。

「可奈子……」

隣で父がため息をついた。

「男がすべてを言わないのは、優しさなんだよ。知らなくていいことも、この世に存在するんだから……」

もっともらしく父は言うが、内容はめちゃくちゃだ。それに母が反応する。

「あなたはまた、そんなことを言って！　許してほしければ、すべてを洗いざらい話すのが絶対条件でしょう！　自分の行いを隠したまま、許してもらおうなんて、そんな虫のいい話あるわけないじゃないの！」

青筋を立てて父と総司をじろりと睨む。

総司が慌てて首を振った。

「い、いや、僕は……」

「総司さん……」

可奈子は彼に呼びかけた。

「私もう、覚悟はできてるから」

そこへ父がまた割って入る。

「いや可奈子、それは結論を急ぎすぎだ。そんな一回の浮気くらいで……」

「一回じゃないわ、何度も会ってるの」

もうここまできたら聞かずにはいられないと、可奈子は総司を問い詰めた。

「そうでしょう？　総司さん。ステイの時に誰かと会ってるの私知ってるんだから。手帳を見てしまったの。Ｓって人！」

「なに⁉　ステイの時に？」

可奈子の言葉に父が顔色を変えた。

「それは、本当か？　総司君！」

胸ぐらをつかむ勢いで総司に詰め寄る。

「ステイの際に会ってるのか⁉　可奈子の目を盗んで！」

「……ええ、どうしてもと言われて」

可奈子でさえ少し驚くような父の剣幕に、総司は動揺することもなく冷静に答える。

そしてなぜかやや呆れたような眼差しを父に向けた。

一方で、父は徐々にヒートアップしていく。

「ど、どうしてもと言われたからといって！　か、可奈子という存在がありながら、会っていたのか！　Sと！　ステイの時に……！」

とそこで、なにかに気が付いたように言葉を切る。

「……ん？　ステイの時に？」

瞬きをして首を傾げる。

「……ええ、呼び出されて」

ため息をついて総司が答えた。

「ステイの時に、呼び出されて……？」

「はい……」

「あー……、そうか。そういうことか」

なにやら納得する父に、総司が頷いた。

「はい、そういうことですよ、お義父さん」

意味不明のやり取りをするふたりに、可奈子は目をパチパチさせる。

父が可奈子に向き直り咳払いをした。

「あー、可奈子。総司君が浮気をしているという根拠は、ステイの時に可奈子に隠れて彼が誰かと会っているということだけなのか？」

「……そうだけど」

「そうか、なるほど。なら大丈夫だ」

なにが大丈夫なのだと可奈子は思う。ステイの際の不審な行動、それが浮気と直結することは、自分が一番よく知っているくせに。

全然納得できない可奈子に、父が総司をチラリと見て、口を開いた。

「その……つまり、総司君がステイ先で会っていたという人物は、……俺だ」

「……え？」

意外すぎる父の言葉に、可奈子は声をあげる。

「お父さん……？」

「そうだ、間違いない。Sとは俺のことだろう？　総司君」

総司が頷いた。確かに父の名前は真一《しんいち》で、頭文字はSになる。だからといってすぐに納得できるはずがない。まったく話が見えなかった。

「間違いないって……でもどうして？」

ふたりを見比べながらどちらともなく可奈子は尋ねる。総司は諦めたような表情だった。

「あー、つまり、その」

父が、気まずそうにごにょごにょと言う。

「さっき話したように、お父さんと総司君は航空大学の先輩後輩の仲だ。だから……」

可奈子は眉を寄せた。先輩後輩の仲だからといってそれがいったいなんなのだ。妻に隠れてステイのたびに会う理由にはならないだろう。

「もう……お父さん。ちゃんと話さなきゃ、総司さんが可哀想よ」

母がため息交じりに話に割って入る。そして複雑な眼差しで可奈子を見た。

「可奈子。お父さん、あなたに許してほしかったのよ」

「……え？　許してほしかった？」

「お父さんとお母さんが会っていることを可奈子に言えなかったのは、私たちの離婚であなたが傷ついていたことを知っていたからなの。あの時あなたは随分苦しんだでしょう？　ずっと彼氏がいなかったのはそれも関係しているんじゃないの？　……それなのに、今になってまたお父さんとお母さんが会ってるなんて知ったらどう思うだろうって、私たちそれがわからなくて言えなかったのよ」

母が、父を見てため息をついた。

「はじめはゆっくり時間をかけようって言っていたのよ。可奈子の気持ちが一番大切なんだから……でも」

母は今度は総司の方に視線を送った。

「可奈子が結婚したから、お父さん、欲が出ちゃったの」

「……欲？」

「そう、可奈子の結婚式にどうしても出たい、ウエディングドレス姿を見たいって言って……。しかもお相手が自分の後輩だったから、なんとか可奈子との仲を取り持ってもらえないかって、しょっちゅう連絡したり呼び出したりしてたのね。相談に乗ってもらってるとは聞いていたけど、ここまで迷惑かけてるとは知らなかったわ……本当に、仕方がない人」

母が眉を寄せて父を睨んだ。

父が肩をすくめる。

「でもちゃんと機長昇格試験までは大人しく待ったじゃないか。その辺りは俺も同業だから……」

勝手な父の言い分を聞きながら可奈子は総司に問いかけた。

「……総司さん、本当？」

彼は困ったように頷いた。

「試験が終わったら、結婚式をしようと決めていただろう？　だからお義父さん焦っちゃったみたいでさ。……可奈子とお義父さんのことは、俺としてはいい方向へ向かえばいいと思っていたけど、やっぱり一番大切なのは可奈子の気持ちだから。あんまり急ぎすぎるのもなと思って……本当に、どうすればいいかわからなくて。結婚式の話を進めにくいのもつらかった」

そう言って肩を落とす。だから彼は、機長に昇格したのに結婚式の話をしなくなったのか。

「なんだ……。そうだったんだ」

不安だった彼の行動の理由がわかって、可奈子は身体の力が抜けて一瞬ふらりとしてしまう。それを総司が抱きとめた。

「可奈子、不安にさせてごめん」

腕にギュッと力を込めて、申し訳なさそうに言う。

「ううん、総司さんは、悪くない。お父さんに言われて断れなかっただけだもん。それなのに疑ったりして私こそごめんなさい。でもよかったぁ……」

彼の香りに包まれて心の底から安心すると、じわりと視界が涙で滲んだ。

ほんの数分前までは別れは避けられないと覚悟していたというのに、再び彼といられることが嬉しくてたまらない。

「可奈子……お父さんな」

ふたりに向かって父が口を開こうとする。それを母が止めた。

「お父さん、その話はまた今度。今は、ふたりで話さなくちゃいけないことがありそうよ」

そして可奈子に向かって微笑んだ。

「可奈子、お父さんが迷惑かけちゃってごめんね。お父さんのことだから総司さんに無理言ったんだと思う。でもそれをすぐに可奈子には言わずにいてくれたってことは、総司さん、可奈子の気持ちを一番に考えてくれたのよ。ふふふ、きっとお父さんと総司さんは違うわよ」

母の隣で父が小さくなっている。

肩を並べるふたりの姿は、以前とは少し違っているように思えた。少し強くなった母と、母が一番大切なのだと気が付いた父。以前なら、理解できなかったかもしれない。あんなことがあったのにそれでも夫婦でいるなんて。

でも総司と出会い彼を愛した今、これでよかったのだと思っている自分がいる。不安そうに可奈子を見る父に向かって、可奈子は口を開いた。

「じゃあ……また来るね。お父さん」

宝石箱のような夜景を望む自宅のリビングのソファで、可奈子は総司の腕に抱かれている。彼の胸に抱きついて顔を埋めたまま流れる涙を止められないでいる。ついさっき実家から戻ってきて、ずっとこの状態である。彼の方も、絶対に離さないとばかりに可奈子を抱きしめる腕にギュッと力を込めたままだ。

不安だったこと、それでも彼を愛する気持ちは変わらなかったこと、たくさんの想いが押し寄せてどうにもならなかった。

「可奈子、ごめん」

さっきから彼は謝りっぱなしである。それに可奈子は小さく首を振ることしかできなかった。

今回の件について彼に落ち度はまったくない。父と、父に対する可奈子のトラウマが招いたことなのだ。それなのに彼を信じきれなかった自分が情けなかった。

「私……総司さんを信じられなくて……手帳を見てしまったりしてごめんなさい」

はじめての時は偶然でも二回目は意図的に彼の手帳を読んだのだ。それについても申し訳なく思った。

「気にしなくていい。あの予定を見たのなら可奈子が不安になるのは当然だ。そもそも可奈子のトラウマを知っていたのに、俺の行動が軽率だった。だけど俺は可奈子を裏切ることはしていないし、これからも絶対にないと言い切れる」

力強い言葉に、可奈子はしがみつく手に力を込めて頷く。

「私も、もう噂話に振り回されないようにします。総司さんの言葉だけを信じます」

でもそこで、まだひとつ解決していない不安があったことを思い出して顔を上げる。

真っ直ぐな彼の愛を信じられないわけではないけれど……。

「可奈子？　どうしたんだ？」

可奈子の視線に気が付いて総司が口を開いた。

「まだ不安なことがあるのか？」

可奈子は涙を拭いてしばらく逡巡する。この問題に関しては今さらというような気がした。

「……だ、大丈夫です」

そうごまかすと、総司が眉を寄せた。

「可奈子、もうそういうのはなしだ。俺はなにを聞かれてもちゃんと答えられる自信がある。だから可奈子も疑問に思うことがあるなら、我慢しないで言ってほしい」

確かに今回の騒動も可奈子が彼の行動について不安に思っているときちんと伝えていれば、ここまでのことにはならなかったかもしれない。そういう意味で話してほしいという彼の言い分は納得だ。

可奈子は言葉を選びながら、その疑問を口にする。

「そもそも総司さんは、どうして私と結婚しようと思ったんですか？」

その質問に総司は即座に答える。

「可奈子を愛しているからだ」

それで可奈子は納得できなかった。

「可奈子？」

「……総司さん、前田機長からCAの人とは付き合っちゃダメって言われていたんでしょう？　でも機長昇格試験は大変だから、それまでに結婚はした方がいいって言われていた。だから仕方なくグランドスタッフの私と結婚したんじゃないんですか？」

始まりはそうだったと言われてもかまわないという覚悟だった。

可奈子からの問いかけに総司は怪訝な表情になる。愛してると言ってくれているのに、なにを言いだすのかと思われているだろう。でも一度言いだしたら止まらなくなってしまって可奈子は言葉を続けた。

「私、ＣＡの人たちが噂してるのを聞いちゃったんです」

「可奈子……」

総司がため息をついた。

「それは前田さんの冗談だよ。確かに何度か飲み会の席でそういう話をされたことはある。だからってその通りにするわけがないだろう？」

それはそうかもしれない。いい大人が、上司の言う通りに結婚相手を決めるなんて普通ならありえない。可奈子がそれを信じてしまったのは、じゃあなぜ自分とはあんなにすんなりと恋に落ちたのか、やっぱり納得いかない部分があったからだ。

好きになるには十分な時間だったと彼は言ったけれど……。

「だって……。後から考えたらなんかおかしいなぁって思ったんです。総司さんＣＡの方たちとは食事しないんでしょう？　それなのに福岡で私とは……。その後、連絡先を交換したのも後から考えるとなんだか不思議」

そう言うと総司が気まずそうな顔になる。この表情に可奈子は見覚えがあった。札幌の大通公園で同じような質問をした時と同じような反応だ。あの時も彼はこんな風に聞かれたくないことを聞かれたというような顔をした。

やはりこれに関しては噂通りだったのかもしれないと可奈子は落胆を覚える。もちろん、たとえそうだったとしても今は本当に愛し合っているのだからそれでいいのだけれど……。

「総司さん、本当のことを言ってください！　私、総司さんがなにを思って私と結婚したのか、知りたいんです」

懇願するように可奈子が言うと、彼は目を閉じてしばらく考え込む。そして深いため息をついてから、ゆっくりと目を開けて観念したように口を開いた。

「……確かに、俺が福岡で可奈子に声をかけて一緒に食事をしたのは、まったく偶然というわけじゃない。意図的にそうしたんだ。可奈子が食べ歩きに凝っているという話は聞いていたから、美味しい店の話をすれば一緒に行きたいという話になるだろうと思って。その後も、まぁ同じ作戦で」

彼の口から語られる悲しい現実に可奈子の胸がちくりとする。自分から知りたいと望んだことだとしても、真実を知るのは少しつらい。

「やっぱり……。でもどうして私だったんですか？　グランドスタッフは他にもたくさんいるのに……」

可奈子は問いかける。どんな理由だとしても結果としてはよかったのだけど。それに総司が撫然とした。

「それは可奈子を好きだったからに決まってるだろう」

「……え？」

「だから、前田さんに言われたことも、CAとかグランドスタッフとか関係なく俺は可奈子を好きだった、だから君に声をかけたんだ」

言い切って可奈子から目を逸らす。その顔が少し赤い。そんな仕草ははじめて見る。少しふてくされたような表情も新鮮だ。

一方で言われた言葉の内容にも可奈子は唖然とさせられていた。

「好きだった……？　声をかけられる前から？」

「……そうだ。だから近づいたんだ。だが君にはパイロット嫌いだという噂もあった。だから、慎重に下心があると悟られないように、偶然を装って」

可奈子の脳裏に浮かぶのは由良に言われた言葉だった。

『古典的だけど、有効な手段』

すべて由良が言っていた通りだったのだ。

「で、でも……好きって……どうして？」

唖然としながら可奈子は呟く。記憶にある限り入社してから可奈子が総司と口をきいたのは、あの福岡での夜がはじめてだった。

総司が情けないように眉を下げて、「ここまで言うつもりはなかったのに……」と言う。そして諦めたように息を吐いてから口を開いた。

「君にはじめて会ったのは、航空大学の先輩だったお義父さんに家に招かれて夜ご飯をご馳走になった時だった。可奈子はまだ中学生の時だ。覚えていないだろう?」

尋ねられて、可奈子は少し考えてからこくんと頷いた。あの頃はちょくちょくそういうことがあったし、可奈子にとって父の友人などはっきりいって皆同じようにしか見えなかった。

「航空大学は先輩後輩の結びつきが強いんだ。OBと現役学生の交流も盛んで、就職の相談に乗ってもらうことがよくあるんだよ。お義父さんはあの通り、気さくな人柄だし面倒見がいいから、たくさんの学生に慕われていた。俺もそのひとりだよ」

そう言って彼はにっこりとした。それを可奈子は素直に嬉しいと思う。母との離婚前は可奈子も父のそういうところが好きだった。

総司が少し遠い目をした。

「可奈子とはじめて出会った時、俺はNANA・SKYに入社したばかりだったんだ。で、さっそく壁にぶち当たっていた」

「……総司さんが?」

意外な思いで可奈子は呟く。総司が頷いて当時の状況を話しはじめる。

NANA・SKYのパイロット候補生には二種類ある。一般の大学卒のライセンス未取得の者と、航空大学卒のすでにライセンス取得済みの者。後者であり、しかも成績トップだった総司は、入社した時点で頭ひとつ抜き出ている状態だった。

同期入社の仲間たちはまだよかった。だが先輩の副操縦士たちには、やっかまれ、意味のないいやがらせを受けることさえあったという。しかも上司からは、過剰に期待されプレッシャーをかけられる。副操縦士試験前は、それでなくてもナーバスになってしまう時期で、こんな思いをしてまで本当に空の仕事をしたいのかと、自問自答する日々だった、と彼は語った。

「同世代のパイロット仲間には言いづらいからね。ひとりで抱えるしかなかったんだが、相談に乗ってくれたのがお義父さんだったんだ。あの日、家に招かれてひととおり話を聞いてもらった後、食事をご馳走になった。その時に可奈子が料理を持ってきたんだよ」

そういえばそういうことがあったかなと可奈子は思う。父が客を連れてくることはよくあったから、どれが総司だったかまでは思い出せないけれど。

「お義父さん、嬉しそうに可奈子を紹介してくれたよ。自慢の娘だったんだな。それでその時の可奈子に俺は救われた」

「救われた……？」

「ああ。可奈子はキラキラした目で自分も飛行機が好きだから飛行機に関わる仕事がしたいと言ったんだ。さすがはパイロットの娘だと思ったな」

そう言って彼は感慨深げに可奈子を見る。

「で、そんな可奈子を見ているうちに、俺も昔パイロットになろうと決めた時の気持ちを思い出したんだ。原点に戻れたっていうのかな。誰になんと言われようと自分の気持ちだけを信じてやるべきことをやるだけだと思えたんだよ」

小さい頃から可奈子は父の膝に乗って空と飛行機の話を聞くのが大好きだった。だからいつのまにか、自分も父と同じように航空会社に就職したいと思うようになった。

「可奈子とお義父さんのやり取りもおかしかったな。俺がＮＡＮＡ・ＳＫＹのパイロットだって聞いてすごいと言う可奈子に、お義父さんが自分の方がすごいんだとか言って……」

そう言って総司は肩を揺らしてくっくと笑う。

「あの時のふたりを見ているから、可奈子のウエディングドレス姿を見たいっていうお義父さんの気持ちもよくわかった。だからなおさらなんとかできないだろうかと思ってたんだ」

そう言って彼は可奈子の頭を優しく撫でた。

可奈子の胸が熱くなる。

彼が父からの頼みを無下にできなかったのは、ただ相手が世話になった人物だったからというわけではなかったのだ。可奈子と父のことを本当に考えてくれていた。可奈子にそれをうまく取り繕うことができないくらいに。

「言っておくが、その時は本当にそれだけだった。可奈子は中学生だったんだから」

少しムキになって言う総司に、可奈子は思わず噴き出してくすくすと笑ってしまう。

総司にジロリと睨まれても止めることはできなかった。

笑い続ける可奈子の頬を優しく摘まんでから、総司はまた続きを話しはじめた。

「ただ、ずっと心には残っていた。なにかあるたびに思い出すのは君のことだった。だから、可奈子がＮＡＮＡ・ＳＫＹに入社したと知った時は嬉しかった。夢を叶えたんだと思ってね。で、頑張ってるかなと気にかけているうちに……」

そこで言葉を切り目を逸らす。

可奈子の頬が熱くなった。そんな風に想われていたなんて夢にも思わなかった。でもすべてを聞いたら、今まで不自然に感じていたふたりの始まりが腑に落ちた。

「い、言ってくれればよかったのに……」

なんだか急に恥ずかしくなってしまって、頬の火照りをごまかすように可奈子は言う。本当のことだった。

はじめから総司がそういう気持ちだったと可奈子が知っていたら、噂話をまに受けて不安になったりしなかったかもしれない。

「……言えるわけがないだろう」

総司が呟くように答える。

「俺は可奈子より随分年上なのに……」

どこか不貞腐れたような彼に、可奈子の胸は温かくなる。今日一日で可奈子は彼の知らなかった部分をたくさん知った。完璧で本当なら手が届かない存在だとずっと思っていた彼を自分と同じ身近な存在だと感じることができたのだ。

今この瞬間に本当の夫婦になれたようなそんな気さえするくらいだ。

「安心した？」

総司が可奈子を覗き込む。

可奈子はこくんと頷いた。

「もう大丈夫です」

するとと総司は今度は真剣な表情になる。そして少し迷うように口を開いた。

「可奈子、誰かになにかを言われるのはつらくないか？」

「言われる……？」

「ああ、忠告してくれた人がいてね。その……俺と結婚したことで可奈子がつらくあたられて、働きにくくなっているんじゃないかって」

そこまで聞いて、可奈子はようやく彼の言わんとする意味を理解した。

総司と可奈子の結婚は、ＮＡＮＡ・ＳＫＹ全社に衝撃を与えたと言われている。彼の耳にそういう話が届いても不思議ではない。

「可奈子、本当のことを言ってくれ」

眉を寄せて心配そうな総司に可奈子は少し考えてから口を開いた。

「……大丈夫です」

「可奈子」

疑わしそうに総司が眉を寄せる。

「そりゃあ、まったく気にならないっていったら嘘になるけど、どうしようもない話だし。業務に支障が出るならちゃんとリーダーに相談します」

そもそも結婚が発表されてから散々いろいろ言われたけれど、だからといってここまで落ち込むようなことはなかった。周りの言動がどうしても気になり始めたのは、すべては総司との信頼関係が揺らいでいたからなのだ。

「総司さんがちゃんと私のことを好きなんだって信じられれば、私、誰になにを言われても平気」

「そうか」

総司がホッとしたように頷いて可奈子を抱く手に力を込めた。頬に感じる彼のシャツに可奈子は頬ずりをする。

「総司さん、大好きです」

愛おしいウッディムスクの香りに、心まで満たされていくような心地がする。顎に手を添えられて、顔をあげると、少し茶色い綺麗な瞳が可奈子を愛おしげに見つめている。

「可奈子、愛してるよ」

その言葉にうっとりと目を閉じると、低くて優しい声音が可奈子の耳に囁いた。

「寝室へ行こう」

「可奈子、ほら言ってごらん」

夫婦のためのベッドの上でヘッドボードにもたれかかって座る可奈子の両脇に手をついてにっこりと微笑んで総司が言う。

可奈子は困り果てていた。

「でも……」

ためらう可奈子の頬に、総司は柔らかなキスを落とす。その感触に可奈子の胸は甘い期待でいっぱいになる。それなのに彼はそれ以上先へ進もうとせずにただ微笑んでいるだけだ。

「可奈子、今夜はじっくり練習しよう」

「そんな……」

呟いて、可奈子は彼を見上げた。

すべての誤解が解けて夫婦の間のわだかまりがなくなった後やってきた夫婦の寝室である。

部屋へ入った瞬間から、可奈子の鼓動はスピードを上げていて、頬も身体も熱いままだ。明日はふたりとも休みだし、無事に仲直りもできたのだ。今夜は久しぶりに夫婦として触れ合うだろうことは明白だ。

寝室へ行こうという彼の言葉はその合図だと思ったのに。

いつもの彼ならベッドに上がるなり、優しく可奈子をリードして、可奈子がなにも言わなくてもすぐに心地のいい幸せな気持ちにさせてくれる。それなのに今は少し違っていた。

「可奈子、どうして欲しいのか君の気持ちを言ってごらん?」

そう言って微笑んでいるのである。

可奈子のして欲しいことなどお見通しのはずなのにそんなことを言う彼に、可奈子は戸惑っている、というわけである。

可奈子の頬にキスをして、総司がそのわけを説明する。

「可奈子、君があらぬ誤解をすることになった原因はふたつある。まずひとつは、君が俺に対してまだどこか遠慮していて、思ったことを言えないこと。噂話も俺の行動も不安に思うことがあったなら、聞いてくれればよかったんだ。そしたら俺はすぐにちゃんと話をした」

でもそれは仕方がないと可奈子は思う。彼はもともと雲の上の存在で、夫になったからといってすぐに切り替えられるはずがない。

「そ、総司さんは、私にとっては上司でもあるんだから、遠慮があるのは当然だと思います」

「確かに」

総司は素直にうなずいて可奈子の前髪をサラリと撫でた。

「でももう夫婦なんだから、いつまでもそういうわけにはいかない。それは可奈子もわかったはずだ。だから練習をしよう。可奈子が考えていることを俺に伝えられる練習だ」

そう言って彼はこれ以上ないくらいに優雅に微笑む。どこか胡散くさいその笑みを、可奈子は信じられない思いで見つめた。

「そ、それはつまり……？」

「可奈子がなにをしてほしいのか、ちゃんと言葉にして伝えてくれ。ひとつひとつ可奈子の口から聞かせてほしい」

では彼は可奈子に言わせようとしているのだ。今頭の中を満たしている恥ずかしいこの欲求を。

「そそそそんなこと、できないです！」

可奈子は真っ赤になって首を振る。

いつもこのベッドで総司が可奈子にしてくれることが頭の中を駆け巡る。あれを全部言葉にするなんて、想像しただけで顔から火が出そうだった。

「可奈子、これは練習だ」

いたって真面目に総司は言う。

「可奈子の中から俺に対する遠慮を取っ払う。可奈子がどんな些細なことも俺に言えるようになったら、あんな悲しい思いはしなくてすむんだから」

総司の指が可奈子の唇をゆっくり辿る。その感触に、可奈子の背中は甘く痺れた。

自分を見つめる少し茶色い綺麗な瞳を見つめているうちに、そう言われてみればそんな気がしてくるから不思議だった。

ちゃんと彼に伝えられるようにならなくては、本当の夫婦にはなれないような……。

「可奈子？」

唇に触れる指が可奈子をもどかしい気持ちにさせる。指ではなくて彼の唇で触れてほしい、いつもはそうしてくれるのに。そんな思いで頭の中がいっぱいになっていく。

「ほら、どうしてほしいか言ってごらん？」

可奈子を安心させるような優しくて穏やかな彼の声音に、可奈子は目を伏せて口を開いた。

「キ、キスを……してほしい」

「ん、よくできました」

まるで学校の先生のようにそう言って、彼は可奈子の望む通り唇にキスをする。柔らかな感触に可奈子の胸はとくんと跳ねる。けれどすぐにまた離れてしまう。

「え……？」

可奈子の口から声が漏れる。

総司が首を傾げた。

「望む通りにしたつもりだけど」

可奈子の思いなどお見通しのはずなのに、とぼけて見せるのが憎らしい。どうやら本当に彼は可奈子が言葉にしたことしかしないようだ。

「これじゃ、朝になっちゃいそう」

途方に暮れてそう言うと、総司がくっくと肩を揺らした。

「俺はそれでもいいけどね。可奈子との時間は長ければ長いほど嬉しいよ。一晩中かかったって大丈夫。焦ることはない」

「ひ、一晩中だなんて……！」

可奈子は声をあげる。こんなこと朝になるまで続けたら頭がおかしくなってしまいそうだ。

「総司さん、お願い……」

いつものようにしてほしいという思いを込めて可奈子は彼に懇願する。どんな時も優しかった彼ならば許してくれるだろうと思ったのだ。

それなのに、総司は可奈子の顎に手を添えてもっと先を促した。

「どんなキスをしてほしい？　言ってごらん。可奈子」

その微笑みに、これはダメだと可奈子は思う。今夜は自分のしてほしいことは本当に口にしなければ、してもらえそうにない。

可奈子はこくりと喉を鳴らして、ためらいながら口を開く。

「もっと……いっぱいしてほしい。いつもみたいなキスがいい」

消え入りそうな声でそう言ってギュッと目を閉じると、顎に添えられた手にそのまま上を向かせられる。

「よく言えました」

そして、可奈子が望んでいた深いキスが始まった。

「ん、んっ……」

ちゃんと言えたご褒美は、いつもより深くて熱くて甘かった。可奈子は自分でも知らないうちに彼の動きに応えはじめる。自分を包む彼の腕をギュッと握って、火がつけられた自分の中の欲求にただ素直に従った。

身体の中心をとろかすような、熱くて激しいキスが何度も何度も繰り返される。身体のあちこちが火がついたみたいに熱くなって、早く彼に触れてほしいと可奈子の脳に主張する。もどかしくて切なくて身をよじる。キスだけでこんな風になってしまうのが恥ずかしくてたまらない。でも身体中を駆け巡る衝動はもう抑えることができなそうだ。

ようやく唇が離れた頃には、可奈子の思考は、溶けきっていた。

可奈子の髪をかき上げて、総司がにっこり微笑んだ。

「次はどこにキスしてほしい？」

そして可奈子の耳を優しく掴み親指と人差し指ですりすりと合図する。その感覚に、誘われるままに口を開く。

「み、耳に……」

「ん、了解」

「んっ……！」

すぐ近くで感じる彼の吐息に可奈子の身体はぴくんと跳ねる。とっさに頭を振って一生懸命にその感覚から逃れようとするけれど、大きな手に頭を包み込むように抑えられて、叶わない。

「もうひとつ、可奈子が誤解することになった原因は……」

総司が可奈子の耳を食みながら唐突に話し出す。

「ダメ……！　そこで話さないで……」

話の内容など頭に入ってくるはずもないのに、彼はやめてくれなかった。

「可奈子が誤解することになったのは、俺に愛されているのだということを信じきれていなかったからだ」

「あ、そ、そんなこと……」

「前田さんに言われたから、俺は可奈子と結婚した。愛していないなんてどうしてそんな発想になる？　もう二度とそんな風に思わないように、どれだけ俺が可奈子を愛しているのか今夜はたっぷりおしえてやる。可奈子がしてほしいことは全部してあげるから」

そして耳への愛撫が本格的に開始する。

「んんんっ……！」

可奈子は無我夢中で彼にしがみつき、彼から与えられる熱が身体中を駆け巡る感覚に声をあげ続ける。真っ赤に染まる可奈子の耳がようやく解放された時はもはや息も絶え絶えだった。

いつのまにか可奈子の身体は、ベッドに横たえられていて、パジャマのボタンは外されている。すっかり火がつけられた身体が、夫婦の寝室の少し冷たい空気にさらされる。

総司がそれを実に楽しげに見下ろしていた。そして人差し指で可奈子のお腹をつっと辿る。それだけで反応をしてしまいそうになるのをシーツを握りしめて可奈子は堪えた。

「次は、どこに触れてほしい？　どんな風に触れてほしい？　言わないとしてあげないよ」

まるで心まで裸にされていくような気分だった。可奈子の中に隠している誰にも見せられない恥ずかしい想い。たくさんの守りに包まれているのに、彼はそれを一枚一枚剥ぎ取ってすべてを暴こうとしている。

「可奈子の口から聞きたいんだ。どこに触れてほしいのか。どんな風にしてほしいのか。言えたらたくさんしてあげるよ。可奈子が俺の愛をもう疑うことがないくらいに」

頭の中が彼への想いでいっぱいになっていく。たとえ夫婦だとしても本当ならこんなこと言うべきではないのかもしれない。でももはや可奈子にはどうでもよかった。とにかく今すぐに触れてほしい。そんな想いで頭の中がいっぱいだから。

「あの……」

「うん」

「いっぱい触ってほしい。……ここに」

「ん、よく言えたね」

これ以上ないくらいに優雅な笑みを浮かべて、総司の視線がゆっくりと降りてきた。

ざわざわと搭乗手続きを待つ乗客たちで賑わうターミナルのソファで、可奈子は出来るだけ声を落として呼びかける。

「総司さん、総司さんってば！」

隣で総司が読んでいる本からチラリと視線を上げて答えた。

「なんだ？　可奈子」

「手を、離してください……！」

そう言って可奈子は近くの十番ゲートにチラリと視線を送る。そこでは航空会社スタッフが搭乗の準備を進めている。

カウンターには由良をはじめ可奈子がよく知るＮＡＮＡ・ＳＫＹのグランドスタッフたち。全面ガラス張りの向こうにはピカピカのジェット機が目的地まで乗客を運ぶべく待機している。もうまもなくしたら、それを運航するパイロットとＣＡたちがやってくるだろう。

一方で、ソファに座る可奈子たちは勤務中でもなければ、休憩中でもなく、乗客としてここにいる。新婚旅行で南の島へ行くためである。

当然可奈子たちに気が付いているNANA・SKYのスタッフたちは、業務に集中するフリをしながら、さっきからチラチラとこちらを見ている。可奈子は身の置き所がないような気持ちだった。

なにせ皆が見ているというのに、総司は堂々と真ん前のソファに座り、本を持つ手とは反対の手で可奈子の手を握っているのだから。

「総司さん、手を離して」

可奈子は何度目かのお願いをする。

「私、お手洗いに行きたいんです！」

総司が可奈子をじろりと見た。

「さっき行ったばかりじゃないか」

「うっ……、え、あ、じゃ、じゃあ、売店に」

「それもさっき行ってたぞ」

「でも……」

総司が持っていた本を傍に置いた。

「可奈子、俺たちは今、プライベートなんだ。なにもそんなにびくびくすることはない。今までだって社員割で自社便に乗ってたんだろう?」

確かにそれはそうだけれど、ひとりで乗るのと彼と一緒に乗るのではわけが違うと可奈子は思う。これからふたりが乗る便は、新婚旅行で人気の天国に一番近い島と呼ばれる南の島への直行便だ。

そう、可奈子たちは、今まさに新婚旅行へ行くところなのだ。

すべての誤解が解けて、可奈子は父親との交流を少しずつ再開している。結婚式にも来てもらうことにはなっているが、準備にはもう少し時間がかかりそうだ。一方で、会社から与えられる新婚旅行休暇には期限があるから、先に行こうということになったのである。

「社員が家族旅行や新婚旅行で自社便を使うこともしょっちゅうだ。珍しくもない」

肩をすくめて総司は言う。その通りだ。だからスタッフは皆慣れたもので、今更驚くようなこともなく、いつも通り業務を進める。でも総司と可奈子の場合は、ちょっと違うと思うのは自意識過剰だろうか。

「堂々としていればいい」

そう言って、繋いだ手に力を込める総司に可奈子はため息をついた。

彼の目論見はわかっていた。彼は、自分が妥協で可奈子を選んだのだと社内で言われていることに我慢がならないのだ。あれこれ言われることについて可奈子が気にしないなら様々な噂話を放っておくのはよしとしても、これだけは許せないと。

彼のCAとの恋愛禁止令話はCAたちの間だけでなくパイロットたちを含めた全社員にまで広まっていて、それを総司がまた別口で耳にしたのである。

耳にするたびに否定しているが、それでは納得できないようだ。

見せつけるように新婚旅行に自社便を選び、ファーストクラスを予約しておきながら、ラウンジにも行かずカウンターの前のソファに座っている。

「総司さんって、案外子供みたいなところがあるんですね」

頬を膨らませて呟くと、総司が眉を上げて可奈子を見た。

「だって、私なにを言われても気にならないって言ったじゃないですか。それなのにいつまでもこだわって……」

「俺だって基本的にはそうだ。でも可奈子が侮辱されるのは許せない。そもそも前提が間違っているだろう？　俺が、可奈子を選んだんじゃない、可奈子に俺が選ばれたんだ」

「ちょっ……！　やめてください！　カウンターまで聞こえちゃう……！」

おそらくはもうほとんどやることは終わったであろう由良と他の同僚たちが、にやにやしてこちらを見ている。トランシーバーを片手に持って、由良がやってきた。

「お客さま、優先搭乗までもうまもなくでございます。もう少々お待ちください」

わざとらしく言う由良を可奈子はジロリと睨む。総司がにっこりして答えた。

「ありがとう。楽しみだよ」

由良がふふふと笑みを漏らして、こっそり可奈子に耳打ちをする。

「この様子だとマリッジブルーは完全に終わったようね。仲良く言い合いしちゃってさ。なにがあったか知らないけど、末永くお幸せに！」

そう言って持ち場へ戻っていく。その後ろ姿を見つめながら、可奈子は申し訳ない気持ちになった。彼女には随分心配をかけてしまった。それなのに可奈子は本当の理由を彼女には言っていない。……言えるわけがないからだ。

そこへ。

「本日は幸せな人生の門出に、ＮＡＮＡ・ＳＫＹをお選びいただき誠にありがとうございます」

声のする方を見ると、いつのまにか機長の前田と副操縦士の小林が立っていた。

「お前の新婚旅行を担当するなんて、感無量だ」

意気揚々として前田が言う。

「前田さん、今日はよろしくお願いします」

総司が答えた。どうやらフライトスケジュールをあらかじめチェックしていたようで特に驚いた様子はない。前田の方も総司が搭乗することはわかっていたのだろう、随分と時間に余裕をもって姿を見せた。

「しかし今日の運航は大丈夫かな、CAたちは涙涙で、勤務にならないんじゃないか？」

戯ける前田に、総司は肩をすくめた。

「まさか、ちゃんとやってくれますよ」

すると前田の後ろの小林が「泣くのはCAだけじゃありませんよ」と恨めしそうに言い、可奈子と総司の繋いだ手をチラリと見る。

「とうの昔に諦めていても実際に目にするときついですね」

総司が咳払いをして、ようやく可奈子の手を解放した。

「小林、お前意外としつこいなぁ。失恋くらいで泣いてフライトに支障が出るなら、機長試験に落ちるぞ」

呆れたように前田が言う。

小林が肩をすくめた。

「大丈夫ですよ、僕やる気はありますから。でも前田さんが指導員っていうのがちょっと……如月さんがよかったなぁ。指示がとても的確ですから」

「あ、お前、それ言っちゃう？」

ポンポンとやり合うふたりに総司が苦笑している。絆の深いパイロット同士だからできる会話だ。それを可奈子は微笑ましい気持ちで聞いていた。そういえば父が家にパイロット仲間を招いていた時もこんなやり取りをして声をあげて笑っていた。

「でもお前、如月がよかったっていうのは間違いだ。こいつは実はドがつくSだ。新入社員研修の講師をしているのを見た時に俺は確信したね」

前田が小林にそう言ってニヤリとして総司を見た。

「まさか」

総司がそれを否定した。

「僕は無駄に厳しくしたりはしていませんよ」

「いやそれはそうなんだが、ねちっこいんだよ、お前。にっこり笑ってできるまでやり直しをさせてただろう。自分でも気が付いてないのかもしれんが、深層のSだ」

「言いがかりですね。できないことがあるなら、できるまで付き合うのが上司の務めでしょう」

ばかばかしいとばかりに総司が言う。

可奈子はそれを微妙な気持ちで聞いていた。

すべての誤解が解けて仲直りをした日の夜の出来事が頭に浮かんだからだ。あの夜〝自分の気持ちを言えるようになる練習だ〟と言った彼は、にっこりと極上の笑みを浮かべて本当に最後まで可奈子にたくさんの言葉を言わせたのだ。

可奈子が涙を浮かべて頼んでも許してはくれなかった。そしていつもの何倍もの時間をかけて、愛されているのだということを可奈子にしっかりと刻み込んだ。もちろんそれは幸せな時間でもあったのだけれど……。

「ははは、おい如月。奥さんの方が正直だぞ。お前の本性をわかっているみたいだ」

可奈子の様子にめざとく気が付いて前田が笑う。

「お前、なにをやったんだ？」

その言葉に可奈子は真っ赤になってしまう。頭に浮かんだことをそのまま見透かされたような気がしたからだ。もちろんそんなことはないだろうけど……。

「わ、私はなにも……！」

一生懸命に否定をするが、それは逆効果のようだった。可奈子の反応に、前田がははと声をあげている。

「奥さんも大変だなぁ。んじゃ、俺たちはこれで。伊東さん、よい旅を。行くぞ小林」

「……はい」

小林が残念そうに可奈子を見て、しょんぼりとして前田の後に続く。

搭乗していくふたりの背中を見送りながら、総司が眉を寄せた。

「可奈子、俺なにかしたか？」


青い海に囲まれた南大平洋の島に機体はスムーズに着陸した。南の島の少し小さな空港はリゾート地で休暇を過ごす人たちののんびりとした空気に包まれている。

日の光を反射させている輝く航空機に別れを告げて、空港に降り立った可奈子の胸はわくわくと躍り出す。これから一週間の滞在中は総司とふたりずっと一緒にいられるのだ。

結婚しているとはいえ、お互いに忙しくする中で、こんなにたくさんの時間を一緒に過ごせるのははじめてのことだった。

天気もいいし、幸先のいいスタートだと可奈子は思う。でも入国手続きを終えてロビーに出たふたりを待ち受けていたのは、ちょっとしたハプニングだった。

荷物を総司に任せてお手洗いに行き戻ってきてみると、彼が他社のCAと思しき女性ふたり組に声をかけられていたのである。

「あの、NANA・SKYの機長さんですよね」

「……はい、そうですが」

「やっぱり。成田《なりた》でよくお見かけするなと思いまして。今日はプライベートで来られたんですか?」

「ええ、そうです」

可奈子は彼らに近寄るが、ふたりは可奈子を総司の連れだとは思っていないのだろう。会話を続けている。ふたりは「ラッキーじゃん」などと囁き合ってから、また総司に問いかける。

「えーと……どなたかと、ご一緒なんですか?」

総司が答えた。

「ええ、家族旅行です」

なにもおかしくはないその言葉に、可奈子はなぜかムッとする。

家族旅行。

確かにそれはそうだけど……。

と、その時。

「可奈子」

総司が可奈子に気が付いた。そして女性たちに「それじゃ、すみません」と断って

から、可奈子のところへやってくる。女性たちは残念そうにため息をついて去っていった。

「行こうか、タクシー乗り場は確かあっちだ」

そう言う彼に頷いて可奈子は彼についていく。なんだか胸がもやもやとした。

彼が女性から声をかけられやすいことくらいは知っている。勤務中に他社のCAに食事に誘われているのを見たと、しょっちゅう先輩たちが騒いでいた。だからなにを今更と思わなくもないけれど、実際に目にするとやっぱり気持ちのいいものではなかった。

これから一週間は誰の目も気にせずに彼をひとりじめできるのだと、わくわくしていたのに、その気持ちに水をさされたような気分だった。

しかも総司が家族旅行だなんて曖昧なことを言うものだから……。

「可奈子？　どうしたんだ？」

可奈子の様子に気が付いて、総司が立ち止まって問いかける。

可奈子はハッとして足を止めた。

「え？　う、ううん、なんでもない」

ムカッときたのは事実だが、まさかそれをそのまま言うわけにはいかない。声をかけられたのは彼のせいではないし、間違ったことを言ったわけではないのだから。

「行こう」

ごまかすように明るく言うがそれで総司は納得しない。難しい表情になって先を行こうとする可奈子の前に立ちはだかった。

「ダメだ。可奈子の〝なんでもない〟は信用できない」

「総司さん……」

「思ってることはなんでも言うって約束したじゃないか」

「でも」

うつむいて可奈子は黙り込んだ。

確かにそう約束した。でもいくらなんでもこんなくだらないことを口にするべきではないだろう。なんて子供っぽいやつなんだときっと呆れられてしまう。

「……夫婦でもなにもかも言う必要はないと思います。言わない方がいいことだってあると思うし」

可奈子が言うと総司が頷いた。

「確かにそうだ。だがそれが可奈子が我慢しなくてはならないことならば、言ってほしい。言うだけで何か変わるかもしれないだろう?」

「だって、すごくくだらないことなんです」

「でも可奈子にとっては大事なことなんだろう? 大丈夫、言ってごらん?」

優しい彼の声音に可奈子の決心はぐらぐら揺れる。でもやっぱり言えなかった。

「が、我慢っていうほどのことではないんです。変な態度をとってごめんなさい」

うつむいたままそう言うと、総司がため息をついた。

「……わかった」

ようやく納得してもらえたと安堵しかけて、顔を上げた可奈子はぎくりとする。総司がにっこりと不自然なくらいに優雅に微笑んでいるからだ。

「そ、総司さん……?」

なんだかとても嫌な予感がする。

この笑顔、いつかの夜に見たような……。

恐る恐る呼びかける可奈子に、総司がにっこりとしたまま口を開いた。

「可奈子にはまだ練習が必要だな」

「え? れ、練習……?」

これまたいつかの夜を彷彿とさせられるワードだった。

「そうだ。まだ可奈子は俺に遠慮があるみたいだから、ちゃんと気持ちを言えるようになるためにもう少し練習する必要がありそうだ」

「え……ええ⁉」

「妻にできないことがあるなら、できるまで付き合うのが夫の役目だ」

なにやら不穏な言葉を口にして、総司は相変わらず胡散くさいくらいににこやかな笑みを浮かべている。

「幸いこれから一週間はずっと一緒にいられるんだ。時間はいくらでも……」

「ちょっ、ちょっ、ちょっと待って……！」

慌てて可奈子はストップをかけた。

彼の言う練習の意味を可奈子は嫌というほど知っている。もちろんあれがつらいというわけではないけれど、〝時間はいくらでもある〟と言われてしまうと、いくらなんでも……。

「い、言います！　言います！」

総司が首を傾げて、先を促した。

「えっと……」

可奈子は考えながら口を開いた。

「さっき総司さん、他の航空会社の女の人に声をかけられていたでしょう？　……それが少し嫌だった」

「なるほど」

「総司さんが女性に誘われやすいっていうのは知っています。私が入社した時から先輩たちが言ってましたから。だからいつもならなんにも思いません。でも今は、仕事中じゃないのになって思ったらもやもやしちゃって。それに総司さんが……」

そこまで言って可奈子はチラリと彼を見る。

総司が眉を上げた。

「俺が？」

「か……家族旅行だなんて言うから……」

可奈子の言葉に、総司はだからなんだというように瞬きをしている。それが憎らしくて、可奈子はムッとして呟いた。

「ちゃんと新婚旅行だって言ってほしかったんです」

すると彼は一瞬不意を突かれたような表情になる。そして次の瞬間破顔した。

「そういうことか！」

「そういうことです……」

下心ありで声をかけてくる人たちに、きっぱりはっきり〝妻がいる〟と言ってほしかったなどという子供っぽい主張をついに口にしてしまったと、可奈子は眉を下げる。

総司の方は心底嬉しそうにしている。

「可愛いな、可奈子は」

「か、可愛いって……！」

可奈子は頬を膨らませた。

「可愛いよ。それに嬉しい。こんな可愛いやきもちなら、いくらでも大歓迎だ」

「もう……」

「なんにせよ、次からは気を付けるよ」

そう言って頭を撫でる総司を見つめながら、可奈子は胸に不思議な気持ちが広がっていくのを感じていた。

ちょっとした不満や不安なんて口にするべきじゃない。伝えて総司に嫌われるくらいなら黙っている方がいいと思っていた。

その方が夫婦としてうまくいくはずと。

でも勇気を出して伝えてみたら、こんな風に思いがけない反応が返ってくることもるだろう。

言ったところで状況としてはなにも変わらない。これからも彼は声をかけられ続けるだろう。

それでも、こうやって彼に柔らかく受け止めてもらえたこと、『気を付ける』と言ってもらえたことで、さっきまで確かに胸にあったはずのトゲトゲした気持ちはあっというまになくなってしまった。

「機嫌は直ったかな？ 奥さん」

目を細めて尋ねる彼に、可奈子はこくんと頷く。

「ん、じゃあ行こうか」

先を行く彼の背中を見つめながら、彼との距離がまた一歩近づいたような気がした。


「ん……」

足の甲に感じる柔らかな感触に、可奈子は吐息を噛み殺す。天蓋付きのベッドの中、力の入らない身体を大きな枕に預けている。

「可奈子。我慢しないで、声を聞かせて」

総司が可奈子の足に口づけながら、到底できそうにないことを言う。

「つっ……！」

可奈子は首を横に振って唇を閉じた。

新婚旅行、最後の夜である。

一週間ふたりが過ごしたのは、コバルトブルーの珊瑚礁の入江に突き出すように建てられた海上コテージ。ここでふたりはほとんどの日程をのんびりと過ごした。

波のない静かな入江は、シュノーケリングやちょっとしたマリンスポーツにぴったりで、昼間は窓の外をリゾートホテル内の他の宿泊客が喚声をあげながら通りすぎることもあった。が、さすがにこの時間はちゃぷんちゃぷんと水の音が聞こえるのみである。

青白い月明かりに照らされた幻想的な夜の海の景色。でもそれを楽しむ余裕は、今の可奈子にはない。ベッドの上で、身体中に降り注ぐ総司からの愛撫を受けて甘い息を吐いている。

今彼は、可奈子の素足を宝物のように両手で包み王子様がお姫様の手に挨拶のキスをするかのような優雅な仕草で、口づけている。

「そ、総司さん、ダ……ダメ、あ、足なんて……」

そう言いながら、可奈子は力の入らない足を引こうとする。だが総司の手にしっかりと掴まれていて叶わなかった。

「ん……あ……」

素肌に感じる総司のキスが、次第に長く濃厚になっていく。熱い舌先で触れられて食むようにされて、可奈子はまるで豹に仕留められた獲物になったような気分だった。

彼の唇が新たなところに触れるたびに、可奈子の奥の切ない部分がキュッとなった。

不埒な彼の攻撃は卑猥な音を立てながら、ふくらはぎ、膝、太ももへと移動する。

それを可奈子は直視することができなかった。

たまらず目を閉じると、その甘やかな感覚はなお一層鮮明になり、可奈子の身体を燃え上がらせた。

呼吸するたびに恥ずかしい声が漏れ出てしまうのを止めることは、もはや不可能だった。

「ん……あ、ダメ」

背筋はもう溶け切っていた。

そんな可奈子を上目遣いに見て、総司がさらに追い討ちをかける。

「可愛い、可奈子。愛してるよ」

「つっ……！」

まるで耳を直接愛撫されているかのような気分だった。

「愛してる。今夜は可奈子の隅々まで愛させて」

彼の口から紡がれる愛の言葉が媚薬となって可奈子の中に入り込み、もっと深く彼に愛されたいという欲求を目覚めさせようとしている。

もっと奥まで。

もっと強く。

「あ、総司さん、待って……！」

丁寧に愛おしむようなキスを繰り返しながら、彼がその場所へ近づいている。

それだけは絶対に許してはならないと、可奈子の理性が言うけれど、一方で早く来てほしいと願う自分がいるのも事実だった。

感じたい、彼に愛されていることを。

心と身体、指先から髪の毛の一本一本に至るまで、熱いものでいっぱいに満たしてほしかった。

息も絶え絶えになりながら薄く目を開くと、上目遣いにこちらを見つめる茶色い瞳と目が合った。

「ずっとこうしたかったんだ。……遠慮があったのは、俺の方も一緒かな。いきなり俺の欲求を全部ぶつけてしまったら可奈子を怖がらせてしまうから。でももう可奈子も少しは俺に言いたいことが言えるようになったことだし、俺の方も少しくらいはいいだろう？」

そんな言葉を口にして、彼は可奈子が身に着けている薄い布に手をかける。

「あ、ダ、ダメ……！」

「大丈夫だから。ほら、手をどけて。可奈子の全部を愛させて」

「んあっ……！」

可奈子の必死の懇願は、彼の手によっていともたやすくねじ伏せられた。

——そして、そのまま。

気が遠くなるほどに甘く翻弄され続けて、可奈子の思考はかすんでいく。

「可愛い可奈子。もっと鳴いて」

あれほど堪えていたというのに、可奈子は彼の望むままに困惑と快楽が入り混じった声をあげ続ける。

総司に愛される喜びに頭がいっぱいになっていく。そうしてなにもわからなくなった頃、彼は舌なめずりをして、可奈子の中に入ってきた。

「んんっ……！」

可奈子の身体が大きくしなり、真っ白なシーツが淫らな皺を作った。

「可奈子愛してる。ずっと好きだった。絶対に手に入れると決めていた。なにがあっても離さないから」

耳元で囁かれる言葉の意味は、もはや可奈子には届かない。押し寄せる熱い波にただ身を任せるのみである。

遠くて手が届かない存在だったはずの彼と、心も身体も結びついた本当の夫婦になれた喜びが、可奈子の心に刻みこまれた。


可奈子と総司の結婚式はよく晴れた秋の日に執り行われた。由良が薦めてくれた飛行機が見える式場で、可奈子は純白のドレスに身を包み、明るい日差しが差し込む花嫁の控室に両親とともにいる。もうまもなくしたら、係の人が式の開始を告げるためやって来るだろう。

本来ならこの時間は両親に長年のお礼を言い、別れを惜しむ時間なのだ。でも今、号泣しながらお礼の言葉を口にしているのは、可奈子ではなく礼を言われる立場にいるはずの父だった。

「あ、ありがとう……可奈子、ううっ……本当にありがとう」

ドレス姿を見たいという父の希望を可奈子は受け入れた。さらにいうとバージンロードを一緒に歩くことにしたのだ。

「綺麗だよ……本当に」

隣で母が情けないような目で父を見ている。ふたりは先日無事に再婚した。それを心から祝福できたことで、可奈子は自分が過去のトラウマを完全に克服できたのだと実感した。

これから先は過去を思い出し自分の行動を決めるのではなく、今を見つめて進んでいく。そう決めたのだ。

「お父さん、そんなに泣いてちゃバージンロード歩けないわよ」

母が呆れたように言う。

父はずずずと鼻をすすった。

「だって……」

「もう本当に情けないんだから」

「ううう……」

ふたりのやり取りに可奈子はふふふと笑みを漏らす。父が総司に迷惑をかけたことは、後から考えると恥ずかしくてたまらなかった。文句を言ったりもしたが、頑張ってくれてよかったと今は心から思う。可奈子の方もこうやってウエディングドレス姿を父に見せられたことが嬉しいからだ。

「幸せになるんだぞ、可奈子……」

父からの言葉に可奈子は「うん」と答える。

「お父さんも。もう絶対にお母さんを泣かせないでね」

釘を刺してキュッと睨む。父が神妙な表情で頷いた。

「……はい」

その時、コンコンとノックの音がしてドアが開く。タキシード姿の総司が現れた。

「総司さん！」

可奈子は思わず声をあげた。

「カッコいい！」

深いブラウンの落ち着いた雰囲気のタキシードは、可奈子のドレスに合わせた少しクラシカルなデザインだ。衣装合わせの時に立ち合ったプランナーは着る人を選ぶ衣装だと言ったが、驚くほど彼にぴったりだ。

「すっごく素敵……」

「なんだ、今さら。衣装合わせの時に見ただろう」

言いながら総司が可奈子のところへやってくる。それはそうだがあの時よりもきちんと髪を整えて、可奈子のブーケの色に合わせたポケットチーフを胸から覗かせているのが、これ以上ないくらいにカッコいい。

こんなに素敵な人と結婚できる自分は世界で一番幸せ者だ。

「可奈子の方が、綺麗だよ」

そう言って彼は可奈子の頬に手を添えた。

「綺麗すぎて誰にも見せたくないくらいだ。結婚式も披露宴もやっぱりふたりだけでやろうかな」

可奈子の頬が熱くなった。

「お、大げさです……!」

「大げさなんかじゃないよ。俺の招待客はほとんどがパイロットなんだから。可奈子が俺の妻だと知らしめる必要はあるけど、こんなに綺麗な姿を見せる必要は……」

とその時。

ゴホンゴホンと咳払いが聞こえて総司は言葉を切る。

父が嫌そうにふたりを見ていた。

そうだ両親の前だったと可奈子は急に気が付いて恥ずかしい気持ちになる。総司があまりにもカッコよすぎて、気持ちが高揚してしまった。

「あー総司君」

「はい」

「なんの用だね。君の控室は別にあるはずなのに」

その言葉に総司が気付いたように、「そういえば」と言う。そしてプランナーからのちょっとした伝言を可奈子に告げた。

「家族の時間の邪魔になるから、伝えたらすぐに出ていくつもりだったんだけど、可奈子のドレス姿を見たから頭から吹き飛んだよ」

そう言って照れたように笑う。その笑顔に可奈子の胸がキュンと跳ねた。

「あー、用事が終わったなら君はもう戻りなさい。新郎がいるべき場所にいなかったら式場の方に迷惑がかかる」

まるで邪魔者だと言わんばかりに父が言う。それを母がたしなめた。

「お父さんたら……総司さんががんばってくださったからこうやって可奈子のドレス姿を見られるのに」

「そうよ、散々迷惑かけたくせに」

可奈子も頬を膨らませた。

「うっ……それはそうなんだが。でもよく考えたら、まだ嫁にいくのは早いような気もするし」

「嫁にいくからドレス姿を見られるんでしょ。わけのわからないこと言わないで」

「うっ……それもそうだけど……。せっかくまた可奈子と会うことができるようになったんだから、どうせならまた一緒に住みたかった」

今さらそんなことを言う父に、往生際が悪いと呆れてしまう一方で、父らしいとも思う。

「もう、お父さん。勝手なことばっかり言って……」

そう言いながらも、昔のようにこんなやり取りができるようになったのが、嬉しかった。

そしてそれはすべて、総司のおかげなのだと改めて可奈子は思う。彼と出会い、可奈子は人を愛する気持ちを知った。そしてその心が頑なだった父への怒りを溶かしたのだ。

「お義父さん、バージンロードは大丈夫ですか？」

総司が眉を寄せて父に問いかけている。直前になってもこんなことを言っている父の様子に、さすがに心配になってきたようだ。

「式の途中で〝やっぱり渡さない〟なんて言わないでくださいよ」

そう釘を刺して、呆れたように父を見ている。

父が目を輝かせた。

「おお、その手があったか！」

「お父さん！」

「お義父さん！」

いいことを聞いたというように声をあげる父に、可奈子と総司が同時に声をあげたとき、ドアがノックされて、係の者が式の開始を告げに来た。

「可奈子、おめでとう！」

「おめでとう！」

抜けるような青い空に、カーンカーンと鐘の音が鳴り響く。集まった親しい人たちに見守られながら、可奈子と総司は手を繋いでフラワーシャワーの中を歩いている。同僚や先輩たち、友達、両親すべての人に祝福されてこの日を迎えられた奇跡のような幸せを噛み締めて、可奈子は一歩一歩前へ進む。力強い彼の手の温もりをしっかりと感じながら。

今この時に、ふたりの本当の結婚生活がはじまるのだ。隣を見ると可奈子が大好きな総司の少し茶色い瞳が自分を見つめている。

可奈子は繋いだ手に力を込める。この先なにがあっても、こんな風にしっかりとふたり心から繋がっていよう。そう決意する。

幸せなふたりの頭上を白いジェット機が、翼を煌めかせて通り過ぎた。

了

特別書き下ろし番外編

～総司の誤算～

紫色とピンク色のグラデーションを作る空のもと、ずらりと並んだ航空機。うっとりするような光景を到着ロビーに立つ可奈子は眺めている。

絶景だと心から思う。この光景を見られるというだけで、空港勤務の仕事に就いてよかったと思うくらいだ。

今、可奈子はもうまもなく到着する飛行機を出迎えるためここにいる。カウンター業務も乗客の案内業務も好きだけれど、やっぱり飛行機を近くで見られる発着業務がなによりも好きだった。

しばらくするとジャンボ機がゆっくりと近づいてくる。その操縦席が視界に入り可奈子の胸がドキンと跳ねた。操縦桿を握るのが、総司だからだ。

もちろん姿がはっきり見えるわけではない。あらかじめこの便の機長が彼だということは確認しているから、そうなのだとわかるだけだ。それなのに、機体を目にするだけでドキドキしてしまう。結婚して約二年経つというのにどうかしてると自分でも思う。

彼が操縦する飛行機は機着ポイントでピタリと止まる。ボーディングブリッジが接続されてしばらくすると、乗客たちが降りてきた。

「ありがとうございました。お気をつけて」

可奈子は同僚たちとともに、一列に並んで頭を下げて彼らを見送る。小さな男の子が窓の外のジェット機に向かって名残惜しそうに手を振っているのが、可愛いらしかった。

すべての乗客を見送ったあと、乗務員たちが降りてくる。可奈子たちグランドスタッフは彼らに対しても頭を下げて出迎えた。

「おかえりなさいませ」

まず先に降りてきたＣＡたちから「おつかれさまです」と返事が返ってきた。

彼女たちからの風あたりはもう随分マシになり、勤務中に嫌な思いをすることもなくなった。新婚旅行に自社便を使い、社内の人間をたくさん招待しての結婚式を挙げたことで、少し風向きが変わったようだ。もしかしたら可奈子の知らないところではまだなにか言われているかもしれないが、そこまで気にする必要はないだろう。

ＣＡの後に、総司と副操縦士が降りてきた。

「おかえりなさいませ」

可奈子が声をかけると、彼はにっこりと微笑んで「ただいま。おつかれさま」と答える。

可奈子の胸がきゅんと跳ねた。

普通なら、おつかれさま、とだけ言うところをただいまと付け加えるのは相手が可奈子だからだ。

「おつかれさま」

もうひとりの副操縦士も可奈子たちに向かってにっこりとする。人懐っこい笑みを浮かべる彼に可奈子もつられてにっこりとした。

彼らが事務所へ向かったのを確認して、可奈子たちグランドスタッフも到着ロビーを閉じてから、事務所へ向かう。この便を迎えたら今日の勤務は終了だ。

途中、案内板を見上げて迷っている様子の親子連れが目に留まり可奈子は歩くスピードを緩める。近づくと案の定、「どっちだろう?」という呟きが聞こえた。

可奈子は同僚に先に戻っていてほしいと断ってから親子連れに声をかけた。

「どうかされましたか?」

どうやら乗継便の搭乗口がわからなかったようだ。

彼らを無事に目的の場所へ案内してから、可奈子はまた事務所へ向かう。すると、今度は可奈子が声をかけられた。

「伊東さん」

同じ会社に勤務する可奈子と同期入社の副操縦士だ。

「おつかれさま。今終わり？」

「はい」

「そう、僕もなんだ」

「那覇《なは》便ですよね。おつかれさまです」

気軽に言葉を交わしながら肩を並べて事務所へ向かう。可奈子がパイロット相手にこんな風に接するようになったのはここ最近のことだった。

以前の可奈子なら相手がパイロットだというだけで、意識せずとも警戒してしまって、言葉少なに答えるか、別の用事を思い出したふりをして逃げるか。

思い返してみると随分と自意識過剰で失礼な態度をとってしまっていた。

それを改めることにしたのはほかでもない総司のひと言がきっかけだった。あの彼との離婚危機の際、可奈子にはパイロット嫌いの噂があったと彼に言われたことで可奈子は自分の今までの行動を反省したのだ。総司と社内公認の夫婦となり安心したことも後押しして、パイロットたちとも自然にやり取りすることができるようになっている。

「そういえば伊東さん、例の件だけど、いい店を予約できたよ。料理が美味しいバルなんだけど」

副操縦士が思い出したように可奈子に報告をする。

「本当ですか？　ありがとうございます」

〝例の件〟とは若手パイロットとグランドスタッフを集めた飲み会の計画である。可奈子自身が希望したわけではないが、グランドスタッフの先輩から絶対に実現させるようにと厳命されている可奈子にとっては失敗できない案件だ。

総司経由で若手のパイロットに声をかけてもらって、幹事に名乗りを上げたのが彼だったのである。グランドスタッフ側の幹事は一応可奈子ということになっている。

もともとそれほど飲み会に参加してこなかった可奈子にとってはややハードルの高い役割だが、飲み会自体に参加する予定はないのに、パイロットとの連絡役はやってくれるという総司の言葉を頼りに引き受けることにした。

料理の美味しいお店はともかくとして大人数での飲み会に向いているお店もあまり知らないから、いい店を予約できたという彼の言葉はありがたい。

「お任せしちゃってすみません」

「いや、大丈夫。こういうの僕得意だし、なにより楽しみだから、気合い入っちゃって！」

そう言う彼に、可奈子は思わずふふふと笑う。

ふたりは話しながらスタッフオンリーの表示があるドアを抜けて、事務所までの人気のない廊下を進む。

「お店のデータを送るから連絡先をおしえてよ」

胸もとのポケットから携帯を出して、副操縦士が可奈子に言う。そこではじめて可奈子は自分が彼とまだ連絡先を交換していないことに気が付いた。

総司から飲み会の件を彼に話してもらってから、日にちを決めるまではこうやって口頭でやり取りをするか、総司に伝えてもらうかだった。でも幹事同士なのだからいくらパイロット側への橋渡しは総司がやってくれているとはいえ、この先は連絡先を交換しておいてもいいに決まっている。

彼からの提案に可奈子は素直に頷いた。

「わかりました。でも携帯がロッカールームにあって今は……」

「あ、そうだね。じゃあ事務所に着く前に寄ろうか。先に事務所へ行ったら、如月さんに見つかってしまうから、その前に……」と言いかけて、彼はまずいというように慌てて口を閉じる。そしてごほんごほんとから咳をした。

「どうかしたんですか？」

急に勢いをなくした彼に、可奈子は首を傾げる。

「いやまあ、どうしてもってわけでもないかなーって思ったりなんかして」

ごにょごにょと言う彼の視線の先、廊下の前方に総司が立っていた。

「お、おつかれさまです……如月さん」

気まずそうに彼は言う。

総司がにっこりとした。

「おつかれ」

「おつかれさまです」

可奈子も彼に倣《なら》った。

「ああ、おつかれ。ふたりとも今日はもう終わりだね」

「そ、そうです。あ、でも僕、早く報告書を書かなきゃ。伊東さん、あの件はまた今度……！」

そう言って副操縦士はあたふたと事務所の方向へ消えていく。可奈子は首を傾げた。

連絡先の交換はもういいのだろうか？

一方で総司の方は、目を細めて遠ざかっていく彼の背中を睨んでいる。

「総司さん？」

その表情を少し疑問に思って問いかけると、総司がため息をついた。

「油断も隙もない」

「え？」

そして可奈子に向きなおる。

「可奈子、飲み会は結構だが、ああいう奴らには気を付けるように。優しくするとすぐにつけあがるんだから」

なにやら彼らしくない不穏な言葉、それから可奈子を下の名前で呼ぶ彼に、可奈子は目を丸くする。

「き、如月さんっ！　ダメですよ、こんなところで！」

周囲には幸いにして誰もいないが、いつ誰に見られるかわからない状況なのだ。

それなのに総司は肩をすくめただけだった。

「もう俺の勤務は終わった。可奈子もだろう？」

「だ、だからって……！　それにそんな言い方をしたら失礼ですよ。連絡先を交換しようとしていたのは飲み会の幹事同士で必要だからなのに……！」

まるで副操縦士に下心があるとでも言いたげな総司を、可奈子はたしなめる。

するると総司は眉を上げて、可奈子の手を取った。

「っ⁉　総司さん？」

可奈子の問いかけには答えずに無言で彼は廊下を進む。そして突きあたりの非常階段のドアを開けた。

パタンと閉まるドアの音を聞いたと同時にそのままドアに押しつけられる。両脇に手をつかれて、彼の腕の中に閉じ込められてしまった。

「総司さん……？」

もうほとんど日が沈んだ滑走路をバックに総司が口を開いた。

「最近、またパイロットの間で可奈子のことが評判になっているんだ。親切に小林君がおしえてくれたよ。前と違って業務中以外でもにこやかに、雑談にも応じてくれるようになった、とね」

「え？　本当ですか？」

「ああ、とても評判がいいよ」

彼の言葉に、可奈子はホッと息を吐いた。

パイロットを避けてきたことを反省し、態度を改めたとはいえ、今さら手遅れかもしれないと思っていたからだ。

でも今の総司の言葉通りならある程度は名誉挽回できているということだろう。態度を改めてよかったと思う。

それについての胸の内を、可奈子は彼に説明する。

「私、父のことでトラウマがあったからパイロットの方を避けていたでしょう？　でももう結婚もしてわだかまりがなくなったんだから改めることにしたんです。そもそも父のこととうちの会社のパイロットの皆さんは、まったく関係がないのに、申し訳ないことをしてしまったなってすっごく反省していて……。今さらかもしれないと思っていましたけど、好意的に受け止めてもらえているのならよかったです」

可奈子の言葉に、総司が眉を上げる。そして少し考えてからため息をついて呟いた。

「……誤算だったな」

「え？　誤算？」

意外な彼の反応に、可奈子は首を傾げた。

「せっかく結婚式を挙げて、可奈子に寄ってくるパイロットを牽制することに成功したと思ったのに」

「牽制って……ええ!?　そ、総司さん、なに言ってるんですか？」

心底悔しそうな総司に、可奈子は唖然としてしまう。牽制だなんて、なにやら穏やかじゃない言葉だ。

総司が眉を寄せて深刻な口調で話しはじめた。

「可奈子、君はもっと周りから自分がどう見られているかということに興味を持つべきだ。それに対する危機感も。入社してからたくさんのパイロットから声をかけられていたんだろう? つまり君は狙われていたということだ。結婚してやっと静かになったのに君が油断して態度を和らげたりしたら……。さっきのコーパイみたいに、俺の目を盗んで連絡先を交換しようなんてやつが現れる」

「ま、まさか!」

めちゃくちゃな彼の言い分に可奈子は反論する。

「た、確かに以前、パイロットの方に声をかけられていましたけど、狙われていたなんて大袈裟です! 総司さんが思うほど私はモテないわ。さっきの方だって……んっ!」

なおもアレコレ言おうとする可奈子の口は、彼の唇によって塞がれた。

「んんっ……!」

素早く入り込む彼の熱に、反論の言葉は頭のどこかへ消えていく。彼のことしか考えられなくなってしまう。

「もちろん、誰と親しくしてもいい。連絡先の交換も、飲み会の参加も、可奈子の自由にしていいんだよ」

離れた彼の唇は可奈子の耳へ移動する。すぐそばで囁かれて、可奈子の背筋があっという間に溶けだしていく。言葉の意味が半分も頭に入ってこなかった。

「でも、常に危機感は持っていてくれないと。既婚者だって関係ないっていう奴らもいるんだから。でないと俺が常に目を光らせていなくてはならないじゃないか」

「あ……そ、総司さ……！」

彼の腕にしがみつき、崩れ落ちそうになる身体を支えているだけで精一杯だ。

「君は俺のものだってことを、ちゃんと自覚するんだよ」

耳たぶを甘噛みされての忠告に、可奈子は一生懸命に頷いた。

「わ、わかった。わかったから……！」

するとようやく総司の攻撃が止まる。

総司がピカピカとライトを点滅させる航空機をバックに不敵な笑みを浮かべた。

「ならいい。可奈子、家に帰ろうか」

〜君とともに〜


「あの人、どっかで見たことない？」

駅前のロータリーで人を待っていた総司は、そんな言葉が耳に入り携帯画面から顔を上げた。

「ほら、モデルの……絶対にそうだよ！」

視線の先、自動販売機のところで女性ふたりがきゃっきゃと話をしている。もちろん総司にはモデルなどというワードに心あたりはないから自分のことを言っているはずはないと思う。だがふたりは明らかに総司の方を見ていた。

総司は心の中でため息をついて、彼女たちから背を向ける。背中で、「あ、あっち向いちゃった。ほらやっぱりそうだったんだよ」という言葉を聞きながら、駅の改札へ向かって歩き出した。

ちょうど待ち合わせをしていた相手から、待ち合わせ場所に着いたというメッセージが届いたところだ。

「ああ、如月君」

改札から出てきた男性が総司に気が付いて手を挙げた。

航空大学のOBとして付き合いがある伊東真一だ。

「お忙しいのにすみません」

開口一番、総司は謝る。呼び出したのが総司の方だからだ。大学の先輩にあたるとはいえ随分と年上の相手、さらにいうと現役のパイロットである多忙な彼に自分のために時間を割いてもらうのを申し訳なく思う。

総司の言葉に、伊東はにっこりと笑った。

「いや、いいよ。俺はいつでも大歓迎だ」

総司はホッと息を吐いた。

「さあ、行こう」

これからふたりで食事を取ることになっている。場所は真一の家とあらかじめ決まっていた。

「美味い店にでも連れて行ってやりたいんだが、最近外泊続きで妻がコレだから」

そう言って彼は人差し指をツノのように頭につける。総司は笑みを浮かべて頷いた。

「それにしても、久しぶりだな。君が就職して以来だな」

真一がアレコレ話をするのに答えながら、マンションまでの道のりをふたりして歩く。それだけで、ここのところ悩まされ続けていた鬱屈とした気持ちが早くも少し解れるのを総司は感じていた。

やはり少し無理をしてでも会いにきてよかった。

総司が、国内最大手の航空会社ＮＡＮＡ・ＳＫＹにパイロット候補生として入社して一年が経った。ずっと目標にしてきたパイロットという職業に就くまでもうあと一歩というところまできている。

だがここへきて総司は少し疲れていた。

勤務しながらの厳しい訓練と研修に、というわけではない。

周囲からの横槍にである。

学生時代から今に至るまで、総司は常にトップに立ち続けている。それはパイロットになるという目標に向かって努力し続けた結果だが、それについてよく思わないやからがいるのも事実だ。

今総司はパイロット候補生の中では頭ひとつ抜き出ていると評価されている状態で、少し目立つ見た目と相まって、いつのまにか社内では有名人になってしまっているようだ。

注目されるということには必然的にリスクが伴う。同期はともかく先輩副操縦士たちからのあたりがきつく感じるのは気のせいではないだろう。

くだらない、と心底思う。

こんなことは慣れている。気にする価値もないとわかっていても副操縦士試験を控えたこの時期、少しナーバスになっている。

「突然、すみませんでした」

真一の自宅に着き、リビング脇の和室に落ち着いてから総司はもう一度、真一に詫びた。

「いや、いいよ。俺も君がどうしてるか気になっていたしな」

はじめて総司が彼と会ったのは航空大学の現役生とOBの交流会だ。参加は任意だが、就職や進路のために参考になる話を聞けるからたいていの学生は参加する大規模なものだった。

そこで教官から紹介されたのが、真一だったのだ。

『伊東君、彼が如月君だよ。入学からずっと主席の優秀な生徒だ。我が大学始まって以来の秀才だとワシは思っとる』

『なに言ってるんですか先生。我が校始まって以来の秀才は、僕ですよ。僕以上の男が現れるわけありません』

軽口を叩きながら彼は総司に握手を求めた。

『いやそれにしても君男前だなぁ』

その握手に応えながら、総司は心の中でまたかと思う。初対面の時に、大抵の相手に言及されるのが総司の見た目だった。

『如月です。よろしくお願いします』

『よろしく。それにしても、主席とは。男前でさらに努力家なんて、完璧じゃないか』

そう言って真一は人懐っこい笑みを浮かべて総司を見る。その言葉を総司は妙に新鮮に感じた。

大抵の人間は、総司が成績優秀だと知ると、〝自分も優秀な頭で生まれたかった〟とか、〝天は二物を与えたんだな〟などと言って羨ましがる。まるで総司が今の立場にいるのは運がよかったからだと言わんばかりの口ぶりで。

こんな風に、〝努力家〟と言われたのは記憶にある限りはじめてのことだった。

『見た目もよくて、大学始まって以来の秀才か。だったら俺のライバルだな』

そう言って彼は、ははは と声をあげている。

『なにを言っとるんだ君は』と教官に呆れられていても気にしていない様子なのも好印象だった。そしてそれ以来総司は真一にほかの人物とは違う親しみを持っている。

彼の方も総司を気にかけているようで、会合などで会うたびに、『よう、ライバル、調子はどうだ？』と声をかけてくれる。

この鬱屈とした気持ちをどうにかしなくてはと思った時に頭に浮かんだのが真一だった。

「NANA・SKYはでかい会社だからなぁ、いろんなやつがいるだろう。ま、それが面白いんだが」

「そうですね。勉強にはなりますが……」

彼の妻が酒を持ってきて雑談まじりにふたりは近況を伝え合う。相談事があるとあらかじめ伝えてあったわけではないが、パイロットとして、それから航空大学のOBとして、たくさんの学生を見てきた彼には、総司が会いにきた理由などはわかっているのだろう。

関係なさそうな話をしながら総司が欲しかった言葉をくれる。

「パイロットはなによりも精神力が必要な仕事だ。努力も忍耐もすべては自分と乗客のため。今はそれを鍛える時期だな」

直接的な言葉を使わなくても話をするだけで、心が解れていくのが不思議だった。

なによりも経験からくる言葉には重みがある。やはり今日会いに来てよかったと総司は思った。

「あなた、そろそろお料理をお出ししてもいい？」

遠慮がちに襖が開いて、彼の妻が顔を出す。それに真一が頷くと、しばらくして少女が料理を載せたお盆を手に現れた。

「如月君、娘の可奈子だよ。中学二年生だ」

真一が、にへらと笑い総司に彼女を紹介する。その顔には、〝目に入れても痛くない〟と書いてある。

「おじゃましてます」

総司が声をかけると彼女ははにかんだ。

「可奈子、彼はあのＮＡＮＡ・ＳＫＹのパイロットだよ」

真一が今度は総司を娘に向かって紹介する。すると恥ずかしそうにしていたはずの少女が花が咲いたような笑顔になって目を輝かせた。

「ＮＡＮＡ・ＳＫＹの？　わぁ、すごい！」

真一が口を尖らせた。

「いや可奈子、お父さんの方がすごいぞ。なにせベテランなんだから……」

そんな父親を嫌そうにチラリと見て、可奈子が聡司に問いかけた。

「じゃあ世界中を飛び回っているんですか？」

「いや、それはまだ……副操縦士の試験に受かってからなんだ。ライセンスがあるだけでは旅客機には乗れない」

「そうなんですね。でもライセンスがあるってことは操縦はできるんですね」

このくらいの年齢の少女としては少し意外な反応だと思いながら、総司は彼女からの質問に答えていく。

隣で真一が胸を張った。

「可奈子は無類の飛行機好きだ。なんと言っても、俺が英才教育したからな。小さい頃から膝の上に乗せて、飛行機を操縦するシミュレーションを……」

「もう、お父さん変なこと言わないで」

「本当のことだろう」

その微笑ましいやり取りに総司は笑みを浮かべた。

「君もパイロットを目指すの？」

思わずそう尋ねると、彼女は頬を染める。

「え？　えーと、私は、数学が苦手で……でも」

それを真一が遮った。

「ダメだ、可奈子。パイロットは危ない。お父さんは反対だ」

「え？　お父さん、すべてに気を抜かなければ、危なくないっていつも言ってるじゃない」

「いやそうじゃなくて。パイロットなんて男ばかりなんだ。その中に可愛い可奈子が交ざるのが危ないと言ってるんだよ」

むちゃくちゃなことを言っている。

可奈子は父親を嫌そうに睨んで、総司に視線を戻した。

「パイロットは無理かもしれないですけど、飛行機に関わる仕事をしたいなとは思っています」

よく通る声ではっきりと言う。その澄んだ瞳と真っ直ぐな視線に、総司は胸を突かれたような心地になる。そして自分も彼女と同じくらいの年齢でパイロットになると決めたことを思い出した。

あの頃から総司の思いは変わっていない。なにがなんでもパイロットになりたい。

純粋に空が好きなんだ。

誰になんと言われようと、その心を信じてやるべきことをやればいい。

「いい仕事だよ。頑張って」

目の前の少女に向かって本心からそう言うと「はい！」と元気な返事が返ってきた。

真一がまた口を挟む。

「可奈子、お父さんはＣＡも反対だ。パイロットと距離が近すぎる。うちの会社には、なんと芸能人と付き合ってる子もいるんだぞ」

「もう！　お父さんは黙ってて！」

父娘のやり取りを聞きながら、総司は心の憂いが完全に晴れていくのを感じていた。

「お父さん、飲み過ぎないでよね」

そう言って可奈子は部屋を出ていく。

やっぱり今夜ここへ来たのは正解だった。パタンと閉まる襖を見つめて、総司はそう思った。

＊　＊　＊

うららかな午後の日差しが差し込む和室で、娘の綾乃《あやの》がきゃっきゃっと嬉しそうに声をあげている。

「ほら、テイクオフだ！　ブーン！　いいぞ綾乃。視界良好！」

彼女を膝に乗せて、祖父にあたる真一が声に合わせて膝を揺らしている。

総司はくすりと笑みを漏らした。

可奈子の実家の和室である。

この日、休みである総司は、妻と一年前に生まれた娘の綾乃を連れてマンションを訪れた。久しぶりに酒を飲もうと義父である真一に誘われたからだ。だが彼の目的が、初孫であり目に入れても痛くないほどベタベタに可愛がっている綾乃だということは明白だ。それこそ玄関で出迎えた瞬間から今に至るまでずっと抱きっぱなしである。

綾乃の方も祖父からの無償の愛は十分に感じているようで、どちらかというと人見知りをする方なのに、真一だけは自分から手を伸ばして抱っこをせがむ。

「あ！　乱気流だ！　だが綾乃心配するな。じいじは一流パイロットだからな！　あれくらいは……」

盛り上がるふたりを見て、笑みを浮かべる総司に、茶を運んできた妻の可奈子が首を傾げた。

「どうしたの？　総司さん」

「いや……可奈子も小さい頃、ああやってお義父さんに遊んでもらってたのかなと思って」

総司の視線の先に気が付いて可奈子はふふふと笑った。

「じいじのシミュレーターごっこね。いつもあればっかり。ちょっと、お父さん。そんなに乱暴にしないで！」

真一は綾乃をしっかりと腕に抱きながら、左右に大きく揺れている。可奈子が眉を寄せて注意した。

「だって乱気流なんだ、仕方がないだろう！」

綾乃はきゃーっと嬉しそうに声をあげて、大興奮である。

「ああやって遊んでもらったから可奈子は飛行機好きになったんだろう？」

小さい頃の可奈子を見ているような気分だった。

「どうかな？　確かに私もよくやってもらったけど……って、あれ？　私、この話したっけ？」

総司はその質問には答えずに、窓から見える青い空を見つめた。

「総司君、綾乃にはパイロットの素質がありそうだ」

親バカならぬ祖父バカ丸出しで真一が言う。

それに可奈子が反応した。

「本当？　お父さん、嬉しい！　だったら綾乃は将来パイロットね！　ふふふNAN

A・SKY初の女性機長、なんて」

目を輝かせて声をあげている。なんだかんだいって似たもの親子だと総司は微笑ましい気持ちになる。

「ママを世界中に連れていってね、綾乃」

「いややっぱりそれはダメだ」

真一が眉を寄せた。

「パイロットなんて男ばかりの職場なんだ。手が早い奴らの集団だ。そんなところに綾乃が就職したら、じいじは心配で夜も眠れなくなる」

「なに言ってるの、お父さん」

可奈子が呆れたような声を出した。

「お父さんじゃないんだから……。NANA・SKYのパイロットは真面目な方ばかりです！　ね？　総司さん」

妻からの問いかけに総司はすぐには答えずにスッと目を逸らした。もちろん総司自身はそうだと言い切れる。だが思いつくだけで、先輩前田のCAとの交流はあいかわらずだし、後輩の小林は未だに空港内の隅々にまでアンテナを張り巡らせている。その中に可奈子のように美しく成長した綾乃が交じるのかと思うと……。

「総司さん？」

「そうだな……俺も、どちらかというとお義父さん派かな」

総司が可奈子に答えると、真一が訳知り顔で「ほら、やっぱり」と言う。そしてもうひと言付け足した。

「ＣＡも反対だ。パイロットと距離が近すぎる」

「もう、お父さんったら……」

可奈子はぷっと噴き出してくすくすと笑いだす。その笑顔が眩しくて総司の胸が温かくなった。

この場所ではじめて会った時とまったく変わらない透き通った瞳と真っ直ぐな視線。いつも総司が空を飛ぶ時は、彼女の瞳を思い出し、彼女への思いを抱いて飛んでいる。そこへ、かけがえのない綾乃という存在が加わった今、これ以上ないくらい幸せだ。

いつまでもこの幸せを大切にしなければ、と総司は思う。彼女たちなしには自分は空を飛べないのだから。

「まあ、いっか。綾乃がパイロットにならなくたって、私は総司さんに世界中連れていってもらうんだもん。ね？　総司さん」

可奈子が無邪気な笑顔で総司を見る。

結婚前、確かにそういう約束をした。だがまだ実現できていなかった。結婚式を挙げてから比較的すぐに綾乃を授かったからだ。

ふたりで海外へ行ったのは新婚旅行が最後だった。

とはいえ、なにも問題はないと総司は思う。

これから先、長い長い人生を彼女と共に生きていくのだから。彼女との時間はたっぷりとある。

「ああ、どこへでも連れていってやるよ。一生かけて」

本心からそう言うと、可奈子が嬉しそうに微笑んだ。その向こうで真一に高く抱き上げられた綾乃が、またきゃーと声をあげた。

了

あとがき

この度は『敏腕パイロットは純真妻を溢れる独占愛で包囲する』をお手に取ってくださりまことにありがとうございます。

お楽しみいただけましたでしょうか。

今回は、順調な結婚生活のはずなのに、ある事情から挙動不審になってしまうヒーロー、それに気づき不安になるヒロイン、さらに周りにあれこれ言われてどんどんすれ違っていくふたり、というちょっと不穏なテーマでしたので、かなりドキドキしながら書きました。

正直言って今もちょっと不安です。

でも読み終えた後に幸せな気持ちになっていただける作品にしたいと頑張って書きましたので、読んでくださった皆さんに少しでも楽しんでいただけていたら嬉しいなと思います。

さてカバーイラストを担当してくださったのは、時瀬こん先生です。ふたりをとっても素敵に描いてくださいました。可奈子が可愛い～！　それから、パイロットヒーローモノの醍醐味、ふたりの制服姿も素敵です。

この可愛いふたりにつられて、本をお手に取ってくださった読者の方もたくさんいらっしゃったことと思います。

時瀬先生、ありがとうございました！

また、この作品を出版するにあたりまして、関わってくださったすべての方に御礼を申し上げます。

特に編集担当者さま、編集協力担当者さまには今回大変、ご迷惑をおかけしました。途中どうなることかと思いましたが、おふたりが根気よくアドバイスしてくださったおかげで無事出版まで辿り着くことができました。本当に感謝感謝です。ありがとうございました。

最後になりましたが、私の作品を応援し、読んでくださる皆さまに感謝申し上げます。こうやって作品を世に送り出せるのは皆さまのお力に他なりません。

本当にありがとうございました。

皐月《さつき》なおみ

皐月なおみ先生への
ファンレターのあて先

〒104-0031
東京都中央区京橋 1-3-1
八重洲口大栄ビル7F
スターツ出版株式会社　書籍編集部　気付

皐月なおみ先生

本書へのご意見をお聞かせください

お買い上げいただき、ありがとうございます。
今後の編集の参考にさせていただきますので、
アンケートにお答えいただければ幸いです。

下記 URL または QR コードから
アンケートページへお入りください。
https://www.berrys-cafe.jp/static/etc/bb

敏腕パイロットは純真妻を溢れる独占愛で包囲する

2022年7月10日　初版第1刷発行

著　　者　皐月なおみ
　　　　　©Naomi Satsuki 2022

発 行 人　菊地修一

デザイン　カバー　Scotch Design
　　　　　フォーマット　hive & co.,ltd.

校　　正　株式会社鷗来堂

編集協力　森岡悠翔

編　　集　野島たまき

発 行 所　スターツ出版株式会社
　　　　　〒104-0031
　　　　　東京都中央区京橋1-3-1　八重洲口大栄ビル7F
　　　　　TEL　出版マーケティンググループ　03-6202-0386
　　　　　(ご注文等に関するお問い合わせ)
　　　　　URL　https://starts-pub.jp/

印 刷 所　大日本印刷株式会社

Printed in Japan

乱丁・落丁などの不良品はお取替えいたします。
上記出版マーケティンググループまでお問い合わせください。
定価はカバーに記載されています。

ISBN 978-4-8137-1290-9　C0193

ベリーズ文庫 2022年7月発売

『最愛ベビーを宿したら、財閥御曹司に激しい独占欲で娶られました』 伊月《いづき》ジュイ・著

イギリスを訪れた陽芽はスリに遭ったところを、経済的貢献により英国王室から「騎士」の称号を与えられた御曹司・志遠に助けられる。庇護欲から手を差し伸べたはずの彼は、ピュアな陽芽に惹かれ情熱的に迫ってきて!? 「陽芽の全部を手に入れたい」独占欲全開で愛を注ぐ志遠に陽芽は身も心も溶かされ…。

ISBN 978-4-8137-1288-6／定価737円（本体670円＋税10%）

『因縁の御曹司と政略結婚したら、剥き出しの愛を刻まれました』 宝月《ほうづき》なごみ・著

香木を扱う卸売問屋の娘・和華は、家業の立て直しのため香道家・光圀と政略結婚する。実は幼い頃に彼の不注意で和華が怪我をする事故があり、その罪滅ぼしとしても娶られたのだった。愛なき新婚生活のはずが、ひょんなことから距離が縮まり…「君が欲しい」――彼から甘く痺れる溺愛を注がれて…!?

ISBN 978-4-8137-1289-3／定価704円（本体640円＋税10%）

『敏腕パイロットは純真妻を溢れる独占愛で包囲する』 皐月《さつき》なおみ・著

大手航空会社でグランドスタッフをしている可奈子は、最年少で機長に昇格した敏腕パイロット・総司と結婚した。順風満帆の新婚生活のはずが、あることをきっかけに実は偽装結婚だったのではと疑いはじめる。別れを決意するも…「君を一生放さない」――なぜか彼からありったけの激愛を注がれて…!?

ISBN 978-4-8137-1290-9／定価715円（本体650円＋税10%）

『激情に目覚めた御曹司は、政略花嫁を息もつけぬほどの愛で満たす』 蓮美《はすみ》ちま・著

社長令嬢の千花は失踪した姉の身代わりで、御曹司の颯真と政略結婚する。初恋相手の彼と結ばれ淡い幸せを感じるものの、愛のない関係を覚悟していた千花。ところが、新婚旅行での初夜、颯真は「もう抑えられない」と溺愛猛攻を仕掛けてきて…!? 「第5回ベリーズカフェ恋愛小説大賞」大賞受賞作!!

ISBN 978-4-8137-1291-6／定価704円（本体640円＋税10%）

『離縁するつもりが、極上御曹司はお見合い妻を逃がさない』 佐倉伊織《さくらいおり》・著

院内学級の教師として働く蛍は、あるお見合いの代役を務めるが、お相手の津田に正体がバレてしまう。怒られるかと思いきや、彼は一年間の契約結婚を持ち掛けてきて…!? かりそめの結婚生活が始まるも「俺のものだって印をつけたい」――なぜか彼は蛍を本物の妻のように扱い、独占欲を刻みつけて…。

ISBN 978-4-8137-1292-3／定価737円（本体670円＋税10%）

ベリーズ文庫 2022年7月発売

『没落令嬢は今日も王太子の溺愛に気づかない～下町の聖女と呼ばれてますが、私はただの鑑定士です！～』 藍里《あいさと》まめ・著

アンティークショップで働くオデットは、宝石に込められた想いがわかる鑑定スキルの持ち主。特殊能力によって王太子・ジェラールの命を救ったところ、なぜか彼に気に入られてしまう。次々舞い込む事件を一緒に追ううち、王子の溺愛はさらに加速！　没落令嬢なのにまさかのお妃候補になってしまい…!?

ISBN 978-4-8137-1293-0／定価737円（本体670円＋税10%）

『悪役令嬢ですが推し事に忙しいので溺愛はご遠慮ください！～俺様王子と婚約破棄したいわたしの奮闘記～2』 百門一新《ももかどいっしん》・著

悪役令嬢に転生したアメリアは、相変わらず最推しの〝高貴なる令嬢〟に夢中。恋仲になったハズの第二王子・エリオットはそんな彼女にヤキモキしていた。しかも隣国からやってきた第五王子がことあるごとにアメリアにちょっかいをかけてきて…。俺様王子の嫉妬が爆発!?　溺愛と独占欲が最加速中の第二巻！

ISBN 978-4-8137-1294-7／定価715円（本体650円＋税10%）

ベリーズ文庫 2022年8月発売予定

Now Printing

『お願い、全力で私を奪って』 田崎《たさき》くるみ・著

公家の末裔である紅葉は政略結婚することになるが、自分の血筋だけを求める婚約者に冷たく扱われていた。ある日、警視庁出身のエリートSP・静馬が護衛につくことに。彼は暴言を吐く婚約者から全力で紅葉を守ってくれて…。健気な紅葉に庇護欲を煽られた静馬は、次第に深く激しい愛を溢れさせて!?

ISBN 978-4-8137-1302-9／予価660円（本体600円＋税10%）

Now Printing

『君も子供も離さない～カタブツ副社長の二度目の深愛～』 葉月《はづき》りゅう・著

カフェで働く都は親に決められたお見合いに行くと、相手はカフェの常連客・嘉月だった。彼は大手IT会社の副社長で、意気投合し婚約する。しかもすぐに妊娠が分かり順風満帆だったが、ある事故がきっかけで彼の前から姿を消すことに…！　3年後、ひょんなことから再会し、子供ごと溺愛され!?

ISBN 978-4-8137-1303-6／予価660円（本体600円＋税10%）

Now Printing

『政略花嫁は夫の愛に気付かない』 吉澤《よしざわ》紗《さ》矢《や》・著

代議士の父を持つ澄夏は3年前にエリート官僚の一哉と結婚した。しかし父が選挙で落選。政略結婚の意味がなくなってしまい、離婚するべきか悩んでいた。追い討ちをかけるように、一哉には恋人がいることが発覚。彼から離れようとすると、一哉は抑えきれない独占欲を爆発させ、澄夏を激しく求めてきて…!?

ISBN 978-4-8137-1304-3／予価660円（本体600円＋税10%）

Now Printing

『意地悪な社長のペットな新妻～旦那様、約束の子作りには猶予をください！～』 Yabe《やべ》・著

倒産寸前の家業を救うため、いきなりお見合いをさせられる愛佳。相手は大手不動産会社の御曹司・千秋で、断るはずがあれよあれよと結婚が決まってしまう。しかも、事業再建を助けてもらう条件は彼の跡取りを産むことで…!?　Sっ気のある彼にたっぷりと焦らし溶かされ、身も心もほだされてしまい!?

ISBN 978-4-8137-1305-0／予価660円（本体600円＋税10%）

Now Printing

『天才脳外科医にロックオンされました』 滝井《たきい》みらん・著

製薬会社の令嬢であることを隠し、総合病院の受付で働く茉莉花。ある日、天才脳外科医・氷室の指名で脳外科医のクラークとして異動することに。過労で倒れた茉莉花を心配した氷室は、自分の住む高級マンションに連れ帰り、半強制的に同居がスタート。予想外の過保護な溺愛にドキドキが止まらなくて…!?

ISBN 978-4-8137-1306-7／予価660円（本体600円＋税10%）

タイトル、価格等は変更になることがございますのでご了承ください。